Grenzen überschreiten – Menschen begegnen

Günter Bosien

Grenzen überschreiten –
Menschen begegnen

Unterhaltsame Reiseerlebnisse

Ich widme dieses Buch
meiner Familie.

Bibliografische Information der Deutschen Nationalbibliothek
Die Deutsche Nationalbibliothek verzeichnet diese Publikation
in der Deutschen Nationalbibliografie; detaillierte bibliografische
Daten sind im Internet über http://dnb.d-nb.de abrufbar.

© 2009 Günter Bosien
Coverfoto: Günter Bosien
Illustrationen: Roefoe
Umschlagdesign, Satz, Herstellung und Verlag:
Books on Demand GmbH, Norderstedt

ISBN 978-3-8370-2356-5

Inhaltsverzeichnis

Man kann das Leben schwerlich zu leicht
nehmen, aber leicht zu schwer.

Curt Goetz

An meine Leser

Vorrangig verdanken Sie dieses Buch meinen Schülern. Natürlich habe ich es geschrieben, aber den Impuls dazu gaben sie.

Lief der Unterricht mal nicht so richtig, habe ich meinen Schülern aus meinem Leben erzählt. Daran waren sie sehr interessiert. Ihnen gefielen die Storys von meiner Wanderzeit in Lappland, die Erfahrungen als selbständiger Unternehmensberater und besonders die Erlebnisse, die ich als Lehrer in den Ferien mit dem Womo hatte. Mit dem Wohnmobil, also dem Womo, sind meine Frau und ich seit 1976 unterwegs.

In der ersten Stunde nach den Ferien erheiterte ich regelmäßig meine Schüler mit den neuesten Reiseerlebnissen. Meine Geschichten erzählen von Erlebnissen mit Menschen. Alle Begegnungen sind zufällig entstanden. Grenzen sind dabei überwunden worden, und zwar in mehrfacher Hinsicht: Ländergrenzen, aber auch Grenzen, die durch Vorurteile entstehen und Begegnungen verhindern. Außerdem gab es Fälle, in denen andere Menschen ihre Grenzen überschritten und mir und meiner Familie Erfahrungen aufgezwungen haben.

Der Gedanke, dass diese Geschichten nach meinem Ausscheiden als Lehrer kein Schüler mehr hören würde, hat sie mächtig umgetrieben. Bei Abiturfeiern wurde ich nicht nur als bester Geschichtenerzähler ausgezeichnet – eine etwas zweifelhafte Ehrung –, sondern bekam auch mehrfach die Aufforderung, die Erzählungen aufzuschreiben. Sogar ein leeres Buch mit einem wunderbaren

Einband haben sie mir geschenkt, von ihnen bereits betitelt: Meine schönsten Geschichten.

Nun gut, der Titel lautet etwas anders, aber die Geschichten sind es. Alles hat sich in der beschriebenen Weise so oder sehr ähnlich zugetragen, aus rechtlichen Gründen habe ich die Namen der erwähnten Personen geändert.

Ich wünsche Ihnen viel Spaß beim Lesen.

Monsieur le Penner

Wie dieser Mann richtig heißt, weiß ich nicht. Er hat sich mir nicht vorgestellt oder seinen Namen gesagt. Ich habe ihn Monsieur le Penner genannt. Er hat meine Frau und mich zum Nachdenken gebracht. Bis heute kann ich mich des Gefühls nicht erwehren, dass er mir irgendwie überlegen war.

Wir haben ihn in einer Bucht an der französischen Mittelmeerküste gesehen und beobachtet, wie er in Plastiksäcken herumstocherte, die am Rande der Bucht aufgestellt waren, um den Abfall der Tagesbesucher aufzunehmen. Es war im Frühjahr, wir lagen auf dem Sandstrand, freuten uns, dem grauen Hamburg entronnen zu sein, genossen die Sonne, das blaue Mittelmeer und lauschten dem Wellenschlag des Meeres. Dazu gab es Harfenmusik. Im Wohnmobil führen wir stets eine kleine Harfe mit. Meine Frau ist eine begeisterte Harfenspielerin.

Sie hat sich das Spielen selbst beigebracht und hin und wieder Unterrichtsstunden genommen. Ihre böhmische Wanderharfe passt zu ihrem Leidwesen nicht in unser Wohnmobil. Damit sie aber nicht aus der Übung kommt, haben wir seit ein paar Jahren diese deutlich kleinere Harfe an Bord. Wo es nur geht, packt sie sie aus und spielt auf ihrem Lieblingsinstrument. Vornehmlich ältere Leute und Kinder sind ihre andächtigen Zuhörer. Allen, die mich nun wegen solch engelsgleicher Musik beneiden, sei gesagt, sie haben die Anfänge des Harfenspiels meiner Frau nicht mitbekommen. Das ändert aber nichts daran, dass auch ich ihr Spiel inzwischen genieße und mich für sie freue, wenn zum Beispiel Marie von der französischen Mittelmeerküste mit ihrem Strandrestaurant uns dringend bittet, doch bloß im nächsten Jahr wiederzukommen, schon damit sie die Harfe hören kann.

Nun aber zu meinem Monsieur. An diesem Tag passierte eigentlich noch nicht viel. Meine Frau war in ihr Spiel vertieft, und ich stellte fest, dass der Monsieur ein älterer Mann war, nicht besonders groß, noch ziemlich dunkles und dichtes Haar besaß, eine dicke Jacke trug und sich mit recht ordentlichen Stiefeln versorgt hatte. Bei seinem Durchsuchen des Abfalls förderte er das eine oder andere Teil hervor, tat es nach längerem geruhsamen Mustern und Prüfen wieder zurück und verfuhr so mit jedem Müllsack. An diesem Tag fand er tatsächlich noch etwas, es war eine flache Holzscheibe. Von Weitem sah sie beinahe wie ein Holzteller aus. Er besah sich den Gegenstand ganz genau, klopfte den Sand und Schmutz ab, fuhr mit seiner Hand über das Holzstück, konnte gar nicht glauben, dass Menschen so etwas wegwerfen, und steckte es in das Innere seiner Jacke. Gemächlich verließ er die Bucht, für ihn hatte sich offensichtlich der Tag gelohnt. Von uns selbst nahm er anscheinend keine Notiz. Aber da hatte ich mich geirrt.

Unser Wohnmobilplatz grenzte direkt an den Strand, getrennt nur durch etwas Bewuchs und einen Zaun. Zum Strand gab es eine kleine Pforte, so dass man sehr bequem ans Wasser gelangen konnte. Schon morgens beim Frühstück begann für uns das tolle und schöne Leben, denn wir sahen aus unserem Wohnmobil auf den von der Sonne angestrahlten Sand, die Bucht und den klaren Himmel – paradiesisch.

Ich war gerade mit dem Frühstück fertig und verließ unser Wohnmobil, als mein Monsieur bereits hinter dem Zaun stand, mich auf Französisch ansprach, mir seinen Becher hinhielt und fragte, ob ich für ihn einen Kaffee hätte. Ich war so überrascht, dass ich dies spontan verneinte. Anmerken muss ich, dass wir morgens keinen Kaffee trinken, sondern schwarzen Tee und diesen ungesüßt. Der Mann sah mich mit seinen braunen, ruhigen Augen aus einem von der Sonne dunkel gegerbten Gesicht an, bedankte sich, wünschte mir einen guten Tag, drehte sich langsam um und schlenderte vom Zaun weg.

Auf alles war ich gefasst, aber nicht auf ein Dankeschön dafür, dass er nichts bekommen hatte. Ich machte hastig die Tür vom Wohnmobil auf und fragte meine Frau, ob wir noch Tee hätten. Da dies der Fall war, rief ich in Richtung meines Monsieurs, dass er Tee haben könnte. Sofort stoppte er, kam ohne Hast zurück und hielt mir auf der anderen Seite des Zaunes seinen Becher hin. Aus der Teekanne goss ich ihm über den Zaun hinweg den Becher voll.

Freundlich lächelnd verlangte er Zucker. Da musste meine Frau wieder ran und mir Zucker aus dem Wagen reichen, der bei uns im Wohnmobil in einer kleinen Tupperdose ohne Löffel aufbewahrt wird. Aus der Dose wollte er sich geschwind mit einem eigenen, vor Dreck starrenden Löffel bedienen, den er aus seiner Jackentasche zog. Das konnte ich gerade noch verhindern, griff mit spitzen Fingern in die Dose und streute mehrmals

Zucker in seinen Tee hinein. Er nickte sehr zufrieden und forderte mich auf, damit auf keinen Fall aufzuhören. Zum Schluss der Prozedur war vermutlich das Getränk zu einem Viertel mit Zucker vermischt. Noch einmal durchrühren, der Monsieur sah mich milde lächelnd an und bedeutete mir, indem er auf ein nahes Hotel zeigte: »Das Hotel ist geschlossen.«

Viel schoss mir da durch den Kopf. Es gibt sie, diese Zeitgenossen, die zwar nach außen hin in völliger Armut leben, aber in Wirklichkeit reich sind. Darüber kann man auch in der Zeitung lesen: Lumpensammlerin verstirbt, hatte auf ihrem Sparbuch 350 000 Euro und besaß noch dazu ein großes Baugrundstück. Zwei Wochen vorher hatte ich diese unglaubliche Geschichte gelesen. Sollte mein Monsieur auch so einer sein, der es sich durchaus leisten konnte, in einem Hotel zu wohnen oder dort zu frühstücken, das aber leider noch geschlossen war? Hatte ich vielleicht gerade einem verkappten Millionär einen Tee eingeschenkt?

Es geht weiter mit dem Monsieur

Die nächsten Tage verbrachten wir mit Lesen, Wandern auf dem Küstenpfad entlang der Mittelmeerküste und mit Essen bei Marie. Der Monsieur war bestimmt nicht Mittelpunkt unseres Interesses. An den Zaun kam er nicht mehr, er war wohl doch eher ein Kaffeetrinker. Immer mal wieder sahen wir ihn beim Durchstöbern der Müllsäcke. Er hielt sich von den Menschen fern. Belebte sich der Strand, verschwand er.

Eines Morgens sah ich ihn erneut: Er hatte gerade eine Tüte mit Backwaren in der Hand und lehnte sich an die Wand eines Kiosks, aus dem für Passanten Süßigkeiten, Getränke und kleine Fertiggerichte herausgereicht wurden. Mein Monsieur hatte in der anderen Hand ein Glas und trank es bedächtig aus. Es sah nach einem dunklen Likör aus, den ihm der Inhaber ausgegeben hatte. Ich dachte an die Grundregel von Bettlern und Obdachlosen: Am besten kommt man in katholischen Gebieten klar, und: Der Süden ist für die Knochen immer gut. Dieser Mann machte es, wie es Jesus seinen Jüngern nahegelegt hatte, sie sollten sich an die Vögel halten, die nicht säten, doch trotzdem ernteten.

Es gab in der Folge der nächsten Tage einen Urlaubstag, der nicht mehr so sonnig war, es wehte sogar ziemlich heftig. Der Monsieur verweilte diesmal länger am Strand, Tagesgäste blieben nahezu aus. Meine Frau und ich hatten eine windgeschützte Stelle gefunden, so war es erträglich. Wir bekamen hohe Wellen geboten und Taucher, die in der Bucht auf Fischfang gingen. Natürlich spielte meine Frau wieder auf der Harfe, und manchmal fuhr der Wind durch die Saiten und produzierte seine eigene Melodie.

Auch der Monsieur hatte eine Stelle, wo er von fliegendem Sand und Wind weitgehend verschont war. Er saß mit dem Oberkörper an eine Wand gelehnt und blickte unverwandt aufs Meer. Und dann erlebte ich etwas, was mich faszinierte. Mein Monsieur saß dort vollkommen unbeweglich. Man könnte sagen, er meditierte. So stelle ich mir einen indischen Yoga-Künstler vor, der seinen Körper ablegt und ähnlich wie ein Schamane mit seinem Geist auf Reisen geht. Vielleicht war er gerade auf dem Mond oder auf einem anderen Himmelskörper? Selbst nach einer Stunde konnte ich nicht die geringste Veränderung in der Körperhaltung des Monsieurs entdecken – und dann war er plötzlich weg.

Dieser Mann konnte etwas, wozu ich nicht fähig war. Versuchen Sie einmal, sich in Ihrer Sitzhaltung nur fünfzehn Minuten lang nicht zu verändern. Ich habe meine Bedenken, ob Sie es schaffen werden.

Am letzten Tag unseres Aufenthaltes in dieser idyllischen und liebgewonnenen Bucht gingen wir noch einmal einkaufen. Um zu etwas größeren Geschäften zu gelangen, war ein kleiner Fußmarsch angesagt, zu einem Teil an der Küstenstraße entlang. Als wir uns beim Gehen noch darüber austauschten, wie gut wir es getroffen hatten, hörten wir ein lautes Rufen von einer angrenzenden Wiese mit altem Baumbestand. Es war mein Monsieur, der uns zurief und winkte und uns seinen ganzen Stolz zeigte. Ja, er war tatsächlich reich, aber anders, als man es sich gewohnheitsmäßig vorstellt. Er lebte unter einem großen Baum, in die Äste hatte er eine Plane geknüpft und war so gegen Regen geschützt. Nicht sehr weit von seiner Schlafstelle befand sich ein großer Haufen, wir würden sagen, ein riesiger Müll- oder Abfallhaufen. Ein Bagger hätte vermutlich ein paar Stunden damit zu tun gehabt, den Unrat verschwinden zu lassen. Mein Monsieur hätte so etwas nie verstanden: Es waren seine Reichtümer, all seine gesammelten Schätze, derer er aus den Tonnen und Säcken habhaft geworden war. Ich weiß eines bestimmt, dieser Mann lebte schon lange so, der Berg mit seinen Reichtümern war der augenscheinliche Beweis.

Als wir vom Einkaufen zurückgelangten und ich feststellen musste, dass in unserem teuren Luxuswohnmobil mit Klimaanlage, Flachbildfernseher und allem weiteren Schnickschnack der Kühlschrank seinen Geist aufgegeben hatte, da nagten ganz leise Zweifel an meiner Seele, ob mein Lebensstil wirklich der richtige sei.

Die Relativität der Verrücktheit

Die französische Mittelmeerstadt Cavalaire ist nicht zu vergleichen mit Saint-Tropez. Sie ist lange nicht so mondän, obwohl sie jetzt einen großen Yachthafen und eine schicke Promenade vorweisen kann. In dieser Stadt geht es ruhiger, bedächtiger zu, auf keinen Fall ist sie von Touristen überlaufen. Darum mag ich Cavalaire auch so sehr.

Mit Einheimischen kommt man schnell ins Gespräch. Besonders anstrengen muss man sich dabei nicht. Es kann einem sogar passieren, dass man als Deutscher in einem gut besuchten Restaurant aufgefordert wird, der anwesenden, sehr attraktiv aussehenden Bürgermeisterkandidatin ein paar Worte für ihre kurz bevorstehende Wahl mit auf den Weg zu geben. Plötzlich ist es dann ganz ruhig in dem sonst so quirligen Restaurant. Ein Gast kündigte mich mit den Worten an: »Ruhe, der Deutsche sagt etwas.« Da heißt es dann, diplomatisch zu sein. Der Erfolg lässt sich am Beifall ablesen. Ich hatte das Glück, einen sehr heftigen Applaus zu erhalten. Viel gesagt hatte ich eigentlich nicht. Gelungen sind immer solche Sätze, wie: Man liebt Frankreich und wünscht Madame für ihre Wahl viel Glück. In diesem Moment hatte ich das erhebende Gefühl, für die deutsch-französische Völkerfreundschaft tatsächlich etwas getan zu haben.

Cavalaire war für uns, als wir noch mit unseren drei Kindern im Womo unterwegs waren, im Frühjahr ein idealer Ferienort. Nahe dem Zentrum befand sich ein wunderschöner Campingplatz: terrassiert, mit einem herrlichen Baum- und Pflanzenbestand, mit gelegentlichen Ausblicken auf die Riviera und einem sehr freundlichen und immer sehr elegant gekleideten Herrn an der Rezeption. Er hatte nichts dagegen, von mir als Monsieur le Patron angesprochen zu werden, und vermutlich war er es auch.

Leider gibt es diesen Campingplatz nicht mehr. Sie brauchen sich also nicht auf die Suche zu begeben. Übrigens, dieser Herr ließ mich erbarmungslos französisch sprechen, da er auf Deutsch nicht reagierte, und englisch spricht man als älterer Franzose im eigenen Land nur in absoluten Notfällen, oder man kann es schlichtweg nicht. Als die Waschmaschine auf dem Platz nicht richtig funktionierte und meine Frau, die kein Französisch beherrscht, sich hilfesuchend an ihn wandte, da konnte der Monsieur plötzlich Deutsch und meinte zu mir – natürlich auf Französisch –, dass es ja wohl nicht schade, wenn mein Französisch besser würde.

Von dem Campingplatz war es nicht weit zu einer kleinen, verschwiegenen Badestelle. Man muss den Weg dorthin allerdings kennen, er drängt sich einem nicht auf. Auf einem sich schlängelnden, schattigen Pfad geht es steil hinunter – dann hat man plötzlich einen Superausblick auf eine malerische Sandbucht, durch die ein kleiner Bach in Richtung Meer fließt. Die Bucht ist nicht sonderlich groß: vielleicht etwas mehr als hundert Meter breit. Begrenzt wird sie durch steile und sehr schroffe Felsen, bestehend aus grauem, rötlichem, scharfkantigem und offenporigem Lavagestein. Für Kletterer zwar eine Herausforderung – zumal es auch kleine Pfade gibt, die nach oben führen –, aber es ist lebensgefährlich. Nicht umsonst stehen dort Warntafeln, die das Klettern und Hinaufsteigen untersagen, aber trotzdem nicht jeden Leichtsinnigen abhalten können.

Als Eltern musste man also in dieser Hinsicht ein Auge auf die Kleinen haben, aber sonst war der Ort absolut ideal. Sie konnten nach Herzenslust im Sand buddeln, gegen die Wellen Sandbrecher bauen oder zur Abwechslung den Bach stauen. Ein kleines Bad war meist im März schon drin – wir hatten also unser Ferienparadies gefunden! Natürlich waren wir nie allein. Andere Familien schätzten wie wir auch diese Bucht, darunter waren nicht nur Touristen, voll war sie zu unserer Zeit allerdings nie. Und genau hier erlebten wir etwas, was mit der Relativität der Verrücktheit zu tun hat.

Eines Vormittags tauchte ein Mann auf. Er war vielleicht so um die vierzig, groß und schlank; man könnte fast sagen, er war mager. Gekleidet war er ähnlich wie ein Ranger. Ganz bestimmt war er kein sonnenhungriger Urlauber in seinem Outdooraufzug. Er hatte etwas ganz anderes vor. Mit dem mitgebrachten, absonderlich anmutenden Gerät lenkte er sofort die Aufmerksamkeit fast aller Strandbesucher auf sich. Er führte über den Sand langsam und sehr konzentriert einen Stab, der unten mit einem kreisförmigen Metallring versehen war und nach oben hin eine Kabelverbindung aufwies. Auf den Ohren hatte er Kopfhörer, und in seinen Händen hielt er kleine bunte Plastikpflöcke sowie einen Hammer. So etwas hatten die meisten noch nicht gesehen, wir ebenfalls nicht. Die Kinder waren sofort bei ihm und fragten, was er da täte. Als Deutscher konnte er ihnen problemlos mitteilen, um was es ging: Wir hatten doch tatsächlich einen

23

richtigen Schatzsucher in unserer Bucht, der Jahr für Jahr Sandbuchten vor allem in Frankreich durchkämmt.

Mit einem Detektor war er auf der Suche nach verlorenen Uhren, Ketten und angeschwemmten Kostbarkeiten. Ganz präzise ging er vor, Claim für Claim wurde abgesteckt. Er überließ nichts dem Zufall, das gesamte Areal wurde methodisch genau abgehorcht. Manchmal verharrte er, holte eine Schaufel aus seinem mitgeführten Gepäck und grub. Anfangs war dies das Signal für das sofortige Herankommen vieler Tagesbesucher. Vor allem die Kinder stürmten zu ihm. Aber dies legte sich bald, denn außer rostigen Nägeln, Schrauben und anderen wertlosen Metallteilen förderte er nichts zutage.

Dieser Mann zeigte eine bemerkenswerte Ausdauer. Morgens fand er sich ein und abends verließ er seinen Arbeitsplatz. Pausen gönnte er sich kaum. Er horchte die Bucht ab und grub zwischendurch. Keiner glaubte noch, dass er etwas Wertvolles finden würde, und es geschah auch nichts in dieser Hinsicht. Seine Familie hatte er auf dem Campingplatz untergebracht. Gekommen war er mit einem Range Rover und einem nicht gerade billigen, großen Wohnwagen. Seine Familienmitglieder machten einen ziemlich gelangweilten Eindruck. Sie mussten ohne ihn auskommen. Großen Enthusiasmus oder Ferienfreude strahlten sie nicht aus. In der Bucht haben sie sich nie sehen lassen.

Das tagelange Suchen und Umgraben ging dem Ende entgegen. Nur noch wenige Planquadrate waren abzuarbeiten, als wir plötzlich in der sonst so friedlichen Umgebung das Aufheulen eines hochtourig aufgepeitschten Motors hörten, der gleich darauf mit abfallender

Drehzahl ein lautes Brummen von sich gab. Der Lärm wurde zunehmend unangenehmer, und wir sahen, wie ein Motorradfahrer auf einer geländegängigen Maschine mit hoher Geschwindigkeit den steilen Pfad herunterwedelte, um alsbald mit seiner Maschine durch den Sand zu pflügen.

Er legte mehrere Kurven hin, das Hinterrad warf Kies und kleine Steine wie eine Fontäne hoch, dazu gab es Motorgetöse. Alles hielt den Atem an, jeder wartete auf einen Sturz oder etwas Ähnliches. Auch der Detektormann sah gebannt dem Fahrer zu, der förmlich auf seinem Motorrad ritt und uns eine große Show lieferte. Er furchte noch ein paar Runden durch den Sand, ließ die Maschine in den höchsten Drehzahlen aufheulen, suchte sich einen Weg auf den Felsen am Wasser hinauf, fand ihn auch und stürmte mit halsbrecherischem Tempo und artistischem Geschick nach oben. Dann war er weg. Ruhe und Stille legte sich über die Bucht. In diese Stille sagte ausgerechnet der besagte Schatzsucher kopfschüttelnd hinein: »Es gibt schon Verrückte!«, und machte sich wieder an seine Arbeit.

Auch ein Überfall
kann sein Gutes haben

Wer mit dem Wohnmobil unterwegs ist, wird sich über einen gelegentlichen Erfahrungsaustausch mit anderen Wohnmobilisten freuen. Interessant sind Hinweise auf neue Plätze, deren Ausstattung, besondere Sehenswürdigkeiten und natürlich auch auf die Macken oder Vorzüge von Wohnmobilen. Bei dem letzten Thema winken üblicherweise die Frauen ab. Sie wissen, solche Gespräche dauern gewöhnlich länger. Aber es gibt zuweilen einen Gesprächspunkt, den man keinesfalls unterschätzen sollte, auch wenn man glaubt, dies wird einem ja nie passieren, und wer weiß, wie doof die sich angestellt haben. Kurzum, es geht um die Sicherheit im Wohnmobil.

Über dieses Thema kann man sehr viel lesen. Eine große Zubehörindustrie lebt von dem Bedürfnis nach Schutz im Wohnmobil. Die Angebote reichen von Bewegungsmeldern, Sicherheitsschlössern, Warneinrichtungen vor Gasangriffen, Tresoren, Alarmanlagen in allen Preisklassen bis hin zu Überwachungskameras mit und ohne Aufzeichnungsmöglichkeiten. Fast jeder Wohnmobilist kennt die Angebotspalette und weiß, dass es noch viel mehr gibt.

Erlebnisse anderer haben uns sehr frühzeitig vom wilden Stehen in der Landschaft abgebracht. Die schönen Zeiten des Verweilens mit dem Wohnmobil an irgendwelchen Küsten und Stränden galten vielleicht allenfalls für die 70er und 80er Jahre. Auch wir schwärmen immer wieder gern von den alten Zeiten mit dem Womo in Griechenland, doch wildes Campen mit einem Wohnmobil kann heute lebensgefährlich werden, ganz abgesehen davon, dass es meist aus guten Gründen gar nicht erlaubt ist. Sehr bildhaft haben uns Überfallene geschildert, wie man sich fühlt, wenn man nachts aufwacht, aus seinem Alkovenbett nach unten sieht und im Halbdunkel einen maskierten Mann erkennt, der gerade dabei ist, alles durchzuwühlen und zu klauen, was sich schnell zu Geld machen lässt. Solche Erlebnisse lassen keinen kalt.

Wir waren lange der Meinung, im Frühjahr oder im Spätherbst in Frankreich einen Übernachtungsstopp auf den beleuchteten Autobahnraststätten gefahrlos einlegen zu können. Wir achteten in solchen Fällen immer darauf, im nächtlichen Verband mit anderen Campern zu stehen. Als besondere Maßnahme spannten wir vor dem Zubettgehen zwischen den wenig einbruchssicheren Fahrerhaustüren ein dünnes Seil, verbunden mit einem handlichen Gerät, dem sogenannten »Handtaschenalarm«. Das Aufbrechen und Öffnen der Türen würde sofort zum Ziehen eines Sicherungspins führen und einen lauten, hochfrequenten und für die menschlichen Ohren höchst unangenehmen Lärm auslösen. Für hartnäckige Eindringlinge lag darüber hinaus die Pfeffergassspraydose parat.

Im Frühjahr 2002 waren wir zu zweit mit unserem Womo in Frankreich unterwegs. Meine Frau und ich befanden uns bereits in Hochstimmung. Schon vor Lyon schien die Sonne, es war unvergleichlich wärmer als in Hamburg, und wir kamen sehr gut voran. Nur noch eine Übernachtung an der Autobahn, und wir könnten am nächsten Tag locker am Mittelmeer sein. Circa siebzig Kilometer vor Marseille fuhren wir spätabends raus und gelangten auf eine sehr große und belebte Autobahnraststätte. Vor dem hell erleuchteten Eingangsbereich eines Hotels mit Restaurant machten wir Halt. Neben uns standen bereits mehrere Wohnmobile, deren Insassen die Sicherheitslage offensichtlich genauso einschätzten wie wir. Kein Zweifel, hier waren wir bestens aufgehoben.

Und anschließend lief alles ganz anders ab. Wir schliefen bereits, als wir ein unterdrücktes, heiseres Gefiepe hörten. Meine Frau war sofort wach und rief mir zu: »Ist das eigentlich unser Alarm?« – Kann nicht sein, das ist ja ein ganz anderes Geräusch, dachte ich schlaftrunken, riss den Trennvorhang zum Fahrerhaus beiseite und stellte mit einem Blick fest, dass die Türen geschlossen waren. Der Alarm lief aber trotzdem, jedoch unterdrückt. Ich hatte meine Kleidungsstücke vor dem Schlafengehen auf den Taschenalarm gelegt, eine besondere Meisterleistung meinerseits. Aber etwas stimmte nicht! Und dann sah ich die Bescherung, die Innenverriegelung der Fahrerhaustür war hochgedrückt, die Tür musste jemand von außen geöffnet haben.

Im Schlafanzug stürmte ich nach draußen und wollte als ehemaliger Hobbyboxer dem Einbrecher handgreiflich meine Meinung zukommen lassen. Ich fand zu meinem Leidwesen aber keinen. Etwas weiter entfernt sah ich lediglich zwei junge Männer sich im Trödelschritt einem Auto mit laufendem Motor nähern. Sie stiegen langsam ein und fuhren dann aber im hohen Tempo unbeleuchtet weg. Nun war alles klar, da hatte ich meine Einbrecher, sie waren auf und davon. Mit Sicherheit hatte ich sogar

Glück, dass es nicht zu tätlichen Auseinandersetzungen kam. Es wäre die nächste Dummheit von mir gewesen.

Zurück beim Auto begrüßten mich meine Wohnmobilnachbarn. Sie hatten alles längst gecheckt, liefen ebenfalls in Schlafanzügen um ihre Wagen, verwünschten die französischen Autoeinbrecher als Saubande und waren heilfroh, ohne Schaden davongekommen zu sein. Eine genauere Inspektion unseres Womos ergab, dass nichts fehlte, der Schlosszylinder der Fahrertür jedoch defekt war. Von innen ließ sich die Tür erfreulicherweise noch verriegeln.

Meine Frau sah auf die Uhr, es war mitten in der Nacht, gerade ein Uhr. Wir hatten den ersten Einbruch unseres Lebens überhaupt hinter uns. Die Alarmanlage – wenn auch durch meine Schusseligkeit arg gedämpft – hatte bestens funktioniert. Die Einbrecher hatten die Lust an ihrem Treiben verloren und die Fahrertür von außen zugedrückt, natürlich in der Hoffnung, dass das Gefiepe aufhören würde, allerdings ohne Erfolg. Also war es nichts mehr mit dem Aufbrechen der anderen Wohnmobile. Ärgerlich für uns war zwar das defekte Schloss, es hätte aber deutlich schlimmer kommen können. Wir legten uns wieder schlafen.

Aus meinen Träumen, die, wenn ich sie richtig in Erinnerung habe, ziemlich dramatisch waren, wurde ich durch eine weibliche Stimme herausgerissen. Zuerst dachte ich, das sei alles noch Traum. Undeutlich vernahm ich ungehörige A- und Sch-Wörter und diese in höchster Lautstärke und Tonlage. Es war doch tatsächlich mein sonst so sanftes Eheweib, das aus dem Alkovenfenster keifte und schrie. Intensives Verwundern über meine Frau

blieb mir erspart, sie lieferte mit weiteren Schimpfkano-
naden die Erklärung. Es waren wieder Einbrecher gekommen, die aber nicht mit meiner Frau gerechnet hatten. Im
Gegensatz zu mir konnte sie nicht schlafen, drehte sich
hin und her und lugte immer wieder aus dem Fenster.
Ganz besonders hielt sie Ausschau nach heranrollenden
unbeleuchteten Fahrzeugen ... Und um drei Uhr nachts
passierte es wirklich: Das nächste Kommando versuchte,
die Wohnmobile zu knacken. Dieses Unterfangen verei-
telte meine Frau aber gründlichst. In den umstehenden
Wohnmobilen flammte das Innenlicht auf, und damit
war der Bruch gescheitert. Zwei junge Männer sprangen
in ihr Auto und preschten davon. Jetzt war für uns die
Nacht definitiv zu Ende.

Wütend über eine solche Dreistigkeit lief ich zur
Tankstelle, vorher hatte ich noch schnell im Wörterbuch
nach den französischen Wörtern für Autoschloss und
Einbruch gesucht. Derart präpariert bat ich den einzigen
Angestellten, die Polizei zu holen, und schilderte ihm,
soweit ich es vermochte, was passiert war. Der Franzose
zeigte Betroffenheit und Mitgefühl. Ihm tat es erkennbar
leid, dass deutschen Urlaubern in seinem Land und bei
seiner Tankstelle so etwas widerfuhr. Die Polizei verstän-
digte er, wollte absolut kein Geld für das ziemlich lange
Gespräch und meinte abschließend, es könnte zwar sein,
dass die Polizei käme, es sei aber nicht besonders wahr-
scheinlich. Wegen des Schadens an meinem Auto und
des Begleichens durch die Versicherung sollte ich lieber
morgen zur nächsten Polizeistation fahren.

Im Wohnmobil hatte meine Frau inzwischen alles für
ein Frühstück in dunkler Nacht vorbereitet. An Schlaf

war nicht mehr zu denken. Es dauerte nicht sehr lange, und dann hielt ein Polizeiwagen hinter unserem Womo. Zwei Beamte sahen uns mit diesem durchdringenden Blick an, den so häufig Hoheitsträger staatlicher Gewalt an sich haben. Sie fragten uns, was wir denn nun genau gesehen hatten, aber da war ja nicht viel zu beschreiben.

Ein Polizist machte es uns sehr leicht. Über mein Französisch hatte er sich bereits schon vorher amüsiert, in der Folge sprach er im besten Deutsch mit uns. Über den Ablauf der Ereignisse waren sie sowieso schon genauestens informiert, jede Nacht erlebten sie diese. Sie nannten die Kriminellen »ihre arabischen Freunde« und erläuterten uns, wie nahezu perfekt organisiert und ausgestattet die auf Einbruchstour gehen. Per Handy verständigt man sich, wenn ein Raubzug auf einer Raststätte oder einem Parkplatz nicht geklappt hat. Ein anderer Trupp kann es später noch einmal probieren. Von ihren Hintermännern erhalten sie modernstes Werkzeug. Innerhalb von deutlich weniger als einer Minute knacken die losgeschickten jungen Männer jedes Autoschloss, und dies häufig so, dass die Alarmanlage nicht einmal anspringt. Kabel zur Hupe schneiden sie meist durch. Dass die arabischen Freunde auch an unserem Fahrzeug zumindest im Ansatz gut gearbeitet hatten, wurde uns an einem der nächsten Tage im dichten Straßenverkehr akustisch demonstriert: Der Hupe war kein Ton zu entlocken.

Die netten Polizisten überreichten uns für die Versicherung das Polizeiprotokoll und gaben uns ein paar Tipps, wie wir unser Womo besser sichern könnten. Eindringlich wiesen sie auf das hohe Risiko eines Übernachtens auch außerhalb der Saison auf den Raststätten hin. Eine Flasche Wein, die wir ihnen anboten, lehnten sie mit dem Hinweis auf ihren Dienst ab. Sie wünschten eine gute Weiterfahrt und winkten uns sogar beim Losfahren noch einmal zu. So etwas hatten wir von der französischen Polizei nun wirklich nicht erwartet. Dies war mal ein Erlebnis der angenehmen Art.

Nicht viel später waren wir wieder auf der Autobahn. Ziemlich einsilbig fuhren wir Richtung Mittelmeerküste. Alles war dunkel, nur unterbrochen durch die Scheinwerfer der überholenden oder entgegenkommenden Fahrzeuge. Aber es dauerte nicht lange, und die dunkle Nacht wurde durch ein fahles Licht, das über dem Mittelmeergebirge erschien, zögernd verdrängt. Zunächst erhielten die Berge scharfe Konturen, die sich zum Himmel hin abzeichneten. Die nähere Umgebung ließ sich nur schemenhaft erkennen, noch war sie grau oder schwärzlich.

Ganz langsam nahm der Himmel Farbe an: erst ein Pastellgelb, danach ein helles Rot. Kurze Zeit später erlebten wir ein fantastisches Glühen hinter den Bergen, ohne dass wir die Sonne ausmachen konnten. Und dann kam sie, wie ein Feuerball stieg sie auf. Der Tag war da, der Himmel wurde blau, die Sonne tauchte alles in ihr warmes Licht. Die Landschaft zeigte sich in ihrer ganzen Farbenpracht. Wir erblickten einen Sonnenaufgang, wie wir ihn in dieser Schönheit selten gesehen hatten. Schon längst fuhren wir mit gedrosselter Geschwindigkeit, um dieses Spektakel ausgiebig genießen zu können.

Uns war ein grandioses Naturschauspiel geschenkt worden, das wir ohne die Einbrecher nicht erlebt hätten. Wir fühlten uns mehr als entschädigt – auf der Route du Soleil.

Rudi, der Schwanenjäger

Unsere Kinder sind inzwischen aus dem Alter heraus, in dem sie noch gern mit ihren Eltern im Wohnmobil sein wollen. Ferne Ziele, die sie in den Sommerferien gelockt haben, brauchen wir folglich nicht mehr anzusteuern. Wir haben dafür Deutschland zu unserem sommerlichen Reiseland erkoren. Es gibt in unserem Land so viele schöne Ecken und Landstriche, die sich zu entdecken lohnen. Wer dies tut, weiß, was Deutschland zu bieten hat.

Auch die Moselgegend ist für Wohnmobilfahrer sehr attraktiv. Viele Städte und Gemeinden haben Plätze eingerichtet, die sich nicht selten sogar auf den Moselwiesen direkt am Ufer befinden. Besser geht es nicht. Für Freizeitgestaltung kann jeder leicht selbst sorgen. Man kann unter anderem herrlich wandern, zum Beispiel auf dem berühmten Moselhöhenweg. Dem Wanderer werden sowohl auf der Hunsrück- als auch auf der Eifelseite einzigartige Eindrücke garantiert. Die Mosel verläuft zwischen manchmal sehr steilen, mit Schiefer bedeckten Weinbergen in großartigen Kurven und Schleifen durch eine wundervolle Landschaft, die man auch mit dem Fahrrad sehr gut erkunden kann. Die Orte bieten neben dem weltbekannten und unvergleichlichen Rieslingwein und anderen hervorragenden Gewächsen eine interessante und abwechslungsreiche Küche. Die malerischen Städte und Städtchen sind im höchsten Maße kultur- und geschichtsträchtig und warten förmlich auf einen Besuch.

Wir hatten bereits einige erholsame Plätze an der Mosel genossen, uns an den herrlichen Ausblicken erfreut, aus unseren Liegestühlen den dicht am Ufer entlangziehenden Schubverbänden zugesehen und dem von ihnen verursachten Klatschen der Wellen an die Uferbefestigung gelauscht. Unser Urlaub neigte sich leider dem Ende zu. Zum Abschluss steuerten wir noch einen weiteren Moselplatz an. Von dort wollten wir zu einem nahegelegenen Kloster nebst Schenke wandern und einkehren. Der von uns ausgesuchte Wohnmobilplatz entsprach genau unseren Vorstellungen. Wir standen neben einer großen Weide, die uns in der Mittagshitze kühlen Schatten spenden konnte. Wieder hatten wir einen guten Platz mit einem herrlichen Blick auf den Fluss gefunden, wenn da nicht ein ständig kläffender Hund gewesen wäre, der uns zunehmend störte.

Er war nicht besonders groß. Meine Frau, die vom Bauernhof kommt, bezeichnet diese Größenkategorie gern abfällig als Taschenratten. Also, ein bisschen größer war er schon. Er hatte struppiges Fell, die Farbe könnte man – ohne dem Tier nahetreten zu wollen – als schmutziges Weiß bezeichnen. Der Hund hörte, oder, besser gesagt, hörte nicht, auf den Namen Rudi. Frauchen und Herrchen waren Holländer, aber die Nationalität tut eigentlich nichts zur Sache.

Vor dem Wohnmobil der Holländer wachte Rudi und achtete mit größter Ausdauer und fortdauerndem Bellen darauf, dass sich keiner dem Gefährt nähern konnte. Wollte man morgens Brötchen in dem nahen Ort holen, begann das Gekläffe, das Rudi ohne Mühe noch steigern konnte. Jeder musste an Rudi vorbei! Rudi, der meist unangeleint war, stürzte sich auf fast alles. Er bremste stets kläffend kurz vor den Beinen des von ihm erkannten Eindringlings ab, legte sofort den Rückwärtsgang ein, um die Prozedur so lange zu wiederholen, bis sein von ihm abgestecktes Revier sauber war. Zur großen Freude von Rudi beeilten sich alle, möglichst schnell an ihm vorbeizukommen.

Wer sich von dem Hund angegriffen fühlte, der konnte sich gutmütigen Zuspruchs seitens der Holländer sicher sein: »Rudi beißt nicht, der ist ganz lieb.« Ab und zu riefen sie ihn mal zur Ordnung. Dies war aber mindestens genauso schlimm. Vor allem die Frau war in der Lage, den Ordnungsruf »Rudi« in die Länge zu ziehen und das »i« ganz hochtönig und langsam auslaufen zu lassen. Machen Sie das mal nach und Sie wissen, wie das nervt.

Sahen die Wohnmobilisten irgendwann wegen Rudi grimmig drein oder baten um Ruhe, dann verschwand der Rudi hin und wieder in das Innere des Wohnmobils. Lange hielt das nie vor. Rudi war eine echte Plage. Wir ertrugen ihn deswegen, weil wir uns zum Wandern aufmachten, fern von Rudi. Frühabends gingen die Holländer zum Fernsehen in ihr Wohnmobil und nahmen das Hündchen mit. Rudi tankte dann Kraft für seinen Einsatz am nächsten Tag. Friede und Eintracht kehrte abends auf dem Platz ein. Rudis höllischer Radau war selbst für die Holländer ein Nachteil, isolierte er sie doch von jedem Platzbewohner, aber das sahen sie offensichtlich nicht so.

Wir hatten noch einen Tag an der Mosel. Rudi verhielt sich an unserem letzten Tag natürlich nicht anders als

vorher. Nachmittags lagen wir im Schatten unter unserer Weide – es wäre perfekt gewesen. Sie ahnen schon, wo der Haken an der Sache war … In mir kamen langsam Mordgelüste auf, zumindest gedanklich war ich schon sehr weit, als plötzlich Schwäne aus der Mosel auf den Platz hinaufstolzierten. Sie sahen die Kinder am Wasser spielen und hielten nach Futter aus menschlicher Hand Ausschau. Fünf Schwäne bevölkerten die kleine Moselbucht und bettelten. Auch das holländische Paar kam heran. Beide wollten den Schwänen Brot zukommen lassen. Da hatten sie jedoch nicht mit Rudi gerechnet. Rudi sah seine große Stunde kommen. Er stürzte sich auf die Schwäne, die sich von Rudi aber nicht verscheuchen lassen wollten.

Der Oberschwan nahm den Kampf mit Rudi auf. Mit weit von sich gestrecktem Kopf, den langen Hals fast waagerecht zum Boden zischte er Rudi an und ging auf ihn los. Aber Rudi war behände. Seine alte Taktik zeigte er in Vollendung: Rückzug und Angriff usw. Nicht zu vergessen sein Gekläffe, das er mit ganz neuer Kraft vortrug. Selbst dem Schwan wurde es schnell zu dumm. Er drehte sich um, sicherte seinen Abgang, indem er immer wieder Rudi anzischte, und watschelte ins Wasser, die anderen Schwäne folgten ihm sogleich.

Rudi konnte es gar nicht fassen, dass die Schwäne sich so einfach davonmachen wollten. Also stürmte er hinter ihnen kläffend ins Wasser. Die Moselströmung ergriff ihn, Rudi verstummte. Er paddelte versuchsweise den Schwänen hinterher, die ihn aber locker abhängten. Starr hielt er seinen Kopf nach oben und verschwand schnell aus unserem Blickfeld – rasant ging es mit ihm moselabwärts. Jetzt erst kam Bewegung in Frauchen und Herrchen. Sie liefen kopflos am Ufer entlang und riefen, mit den Armen in der Luft fuchtelnd, nur noch: »Rudi, Rudi!« Rudi nützte dies gar nichts. In diesem Moment glaubte ich zu wissen, was viele der Umstehenden dachten. Ich war mit meinen Gedanken bestimmt nicht allein … Man ging zu seinem Platz zurück, die Kinder nahmen ihr Spiel am Wasser wieder auf. Von den am Ufer entlanglaufenden Holländern hörten wir bald nichts mehr – Rudi war weg.

Nicht viel Zeit verging, und sie kamen zurück: Frauchen trug ihren Rudi auf dem Arm, er schmiegte sich mit seinem ganzen Körper an ihre Brust. Rudi war wieder da! Alle, die sich noch vor Kurzem von Rudi als erlöst betrachteten, zeigten echte Ergriffenheit. Sie beglückwünschten die beiden Hundeeltern, die dies mit Rührung und Dankbarkeit aufnahmen. Rudi war der Star des Tages. Er hatte nicht nur die Schwäne bezwungen, sondern auch den Moselstrom. Dies stieg ihm am selben Tag derart zu Kopf, dass er sich in ganz neuer Höchstform präsentierte. Sie wissen schon wie. Er sorgte wieder in seinem Revier akribisch für Ordnung. Rudi, der Schwanenjäger, hatte es allen gezeigt. Frauchen und Herrchen waren unendlich stolz auf ihn, er war wiedergeboren.

Sollten Sie irgendwann auf so einen Rudi treffen, dann können Sie nur hoffen, dass er sich mal richtig überschätzt. Denn auf das Eingreifen von Frauchen oder Herrchen können Sie nicht setzen. Für die hat das Dauergebell ihres Hündchens ganz offensichtlich die Anmutung von Schalmeienklang.

Ufos in der Weinstube

Die Pfalz ist gleichfalls ein wunderbares Weinge-
biet, das zu vielen Aktivitäten einlädt, nicht nur
zum Weinprobieren und -trinken, aber auch. Vor allem die Pfalz nahe der französischen Grenze hat es uns
angetan. Die Vegetation und das Klima sind mit den
norddeutschen Verhältnissen überhaupt nicht zu vergleichen. In den kleinen Städten und Orten stehen bei
den Hauseingängen oder unter den Fenstern südländi-
sche Pflanzen, meist in Kübeln. Palmen kann man fest
verwurzelt im Erdreich vor den Häusern oder in den
lauschigen Höfen finden. Der Pfälzer Wald bietet für
einen Baumliebhaber etwas Besonderes. Nirgends in
Deutschland wird er so viele Esskastanien entdecken.
Natürlich wissen die Pfälzer über die Einzigartigkeit
ihrer Heimat Bescheid. Voller Stolz erzählen sie einem,
dass sich nicht nur sie und die Touristen hier so wohl-
fühlen, sondern auch die Vögel, die deswegen gleich
dreimal im Jahr brüten. Eines besseren Beweises bedarf
es eigentlich nicht.

Wohnmobilplätze werden in hoher Zahl angeboten.
Oft sind es die Winzer selbst, die auf ihrem Gut – nicht
selten nahe des Weinkellers – für Wohnmobilfahrer
Übernachtungsplätze bereithalten, häufig mit Famili-
enanschluss. An solch eine Winzerfamilie gerieten auch
meine Frau und ich. Der Sohn führte seit geraumer Zeit
den Hof allein, so ganz aber doch nicht. Die Eltern befanden sich zwar auf dem Altenteil, vor allem die Mutter
konnte es aber nicht unterlassen, ihm hin und wieder

reinzureden. Er nahm es mit einem etwas schrägen Humor, aber durchaus treffsicheren Sprüchen.

Helmut, der junge Winzer, schien uns etwas wunderlich zu sein. So nannte er seine Weine zum Beispiel »Jungfrauenblut« oder »Trockener Rebell«. Marktstrategisch hielten wir diese Namen für nicht so gelungen. Dem widersprach er jedoch heftig und widerlegte uns mit dem Hinweis auf Verkäufe und Umsätze seiner Weine in erstklassigen Restaurants. Die erste Weinprobe in seiner gemütlichen Weinstube überzeugte uns von der hohen Qualität und Preiswürdigkeit seiner selbst an- und ausgebauten Weine. Im Gegensatz zu den meisten Winzern, so führte er aus, wolle er sich auf alte Kultivierungsmethoden im Weinberg besinnen und langfristig seinen gesamten Betrieb ökologisch ausrichten. Rückschläge – welcher Art auch immer – war er gern bereit, in Kauf zu nehmen. Mit einigen seiner Winzerkollegen lag er bereits im Dauerclinch, nicht zuletzt wegen deren intensiven und von ihm verteufelten Chemieaustrages, von dem seine Felder auch immer etwas abbekamen.

Ich mag Menschen, die kantig und eckig sind. Hier hatten wir in jedem Fall den Vertreter eines solchen Typs. Er nahm sich am ersten Tag viel Zeit für uns, kurvte durch seine Weinfelder und zeigte uns voller Stolz seine ökologischen Versuche, die nicht nur dem Wein dienten, sondern ebenso dem Erhalt der Vogelwelt. Für den morgigen Nachmittag lud er zu einer weiteren geselligen Runde in seine Weinstube ein, bei der wir uns für Weine als Bordproviant in unserem Wohnmobil entscheiden wollten.

Helmut hatte alles vorbereitet, die Gläser standen auf dem großen und schweren Eichentisch. Um den

Geschmack des gerade probierten Weines zu neutralisieren, hatte er für Wasser und etwas Brot gesorgt. Somit konnten wir uns unbelastet der Probe eines neuen Weines zuwenden. Seine Weine waren vorzüglich, die Wahl fiel schwer. Zwei weitere Gäste waren mit von der Partie, es waren seine Pensionsgäste.

Sehr bald befanden wir uns in fröhlicher Runde bei heiterem Gespräch. Helmut fing gerade an, einiges über Ufos zu erzählen, als sich die Tür öffnete und ein junges Paar die Stube betrat. Es war mit dem Wagen gekommen und wollte an der Weinprobe teilnehmen. Der Auftritt, den vor allem die Frau hinlegte, war in jedem Fall bemerkenswert. Sie war vielleicht um die dreißig, blond, sah etwas künstlich aus, war mit Goldschmuck überladen und stark geschminkt. Zu ihrem sehr engen Kostüm trug sie Stöckelschuhe und umhüllte sich mit einer Wolke von Parfüm, die uns fast den Atem verschlug. Ihr Begleiter tat eigentlich nichts zur Sache, er war nur da und trug ihr Handtäschchen unter seinem Arm. Er sagte nichts und hatte wohl auch nichts zu sagen.

Sie tänzelte auf unseren Helmut zu und fragte ihn affektiert: »Haben Sie frischen Wein? Nur den wollen wir, und selbstverständlich muss er lecker sein!« Ich sah es Helmut sofort an, er war kurz davor, seinen skurrilen Humor zu zeigen, beherrschte sich aber noch in letzter Sekunde – schließlich ging es ums Geschäft – und meinte: »Ich habe nur einige Weißweine vom letzten Jahr, die kann man als frisch bezeichnen. Meine Rotweine lagere ich im Eichenfass, und die sind alle älter.« – »Na, dann kommen ja wohl nur Ihre Weißweine in Frage.«

Helmut ging zur Theke, nahm drei Flaschen aus der Kühlung und schraubte die Metallverschlüsse auf. Missbilligend verwies ihn die Frau auf diese Stillosigkeit. Qualitätsweine trügen ja wohl einen Naturkorken. Geduldig erklärte ihr Helmut, dass er Korken aus mehreren Gründen nicht mehr verwende und andere Winzer inzwischen auch immer weniger. Ein Metallverschluss hätte sich nach vielen Versuchen als die beste Möglichkeit herausgestellt. Und damit hatte er meines Wissens recht. Dies sah unsere »Weinkennerin« aber ganz anders, meckerte noch etwas vor sich hin, um sich dann doch herabzulassen und gnädigerweise die geöffneten Weißweine zu verkosten.

Der Winzer fuhr mit seiner Ufo-Geschichte fort: »Es existieren Außerirdische, die uns mit ihren Fluggeräten besuchen. Dafür gibt es Beweise, die größtenteils geheim gehalten werden.« Er holte Fotos hervor, auf einem wurde sogar ein Ufo über Rom gezeigt. Also, das war ja mal was ganz Neues. Leicht amüsiert, aber gespannt hörten wir ihm zu.

Er hatte sich vor Kurzem sogar eine teure Kamera gekauft, die er ständig bei sich trug. Helmut hielt sie hoch. Mit Sicherheit würden sich die Außerirdischen auch in der Pfalz blicken lassen. Für diesen Moment wollte er vorbereitet sein. Unserer Hochhackigen verschlug es fast die Sprache. Sie probierte gleich den nächsten Wein und fragte sich offensichtlich, mit was für einem Irren sie es zu tun hatte, sagte aber vorerst nichts.

Helmut war jetzt so richtig in Fahrt. Übers Internet hatte er Zugang zu einer Frau gefunden, die schon mehrfach mit Außerirdischen zusammen war und ihm

ausführlich von ihren Erlebnissen berichtete. Selbst die Zeugung eines Kindes mit einem Außerirdischen sei intensiv in Betracht gezogen. Zum Leidwesen von Helmut wurde der rege E-Mail-Austausch von ihr sofort abgebrochen, als er ganz vorsichtig andeutete, dass er ebenfalls gern Kontakt mit ihren Aliens hätte. Helmut hatte diesen Satz noch gar nicht vollständig ausgesprochen, da schnellte das Pärchen in die Höhe und flüchtete aus der Stube. Die Frau rief Helmut nur noch zu: »Wir wollten eigentlich frische Weine kosten, so richtig frisch sind sie aber nicht!« – und draußen waren die beiden.

Vor Lachen konnten wir uns in weinseliger Stimmung kaum einkriegen. Als wir wieder sprechen konnten, fragte ich Helmut, ob er eigentlich wüsste, was er da angerichtet habe. Schmunzelnd meinte er: »Ich konnte die überhaupt nicht leiden, und meinen Wein kriegen schließlich nur Vernünftige oder Außerirdische.«

Der Zimmerer auf dem Parkplatz

Aus Frankreich kommend legten wir noch einen Zwischenstopp in der Pfalz ein, bevor wir uns endgültig auf den Heimweg nach Hamburg machen wollten. Vor allem der Schwarzriesling unseres Stammwinzers Helmut hatte es uns angetan.

Diesmal hatte Helmut wenig Zeit für uns. Er bedauerte, dass seine Wohnmobilplätze belegt waren. Ver- und Entsorgung sei bei ihm natürlich kein Problem. Er empfahl uns, auf den großen Parkplatz nahe des Ortes auszuweichen. Da sei es sehr schön ruhig, und zu Fuß sei man ja schnell bei ihm. Den Platz kannten wir, er war wirklich gut. Außerdem hat man von dort einen traumhaften Ausblick auf die rheinische Tiefebene.

Helmuts alte Mutter freute sich, uns wiederzusehen, und lud zu einem kleinen Plausch in ihrer Weinstube ein. Gemeinsam blätterten wir in ihrem Schatz, dem Gästebuch. Mehrere Bundesminister und sogar ein Bundeskanzler hatten sich mit herzlichen Worten als ihre Weinkunden eingetragen. Von dem Bundeskanzler wusste sie zu berichten, dass er gern bei ihr war und sich wie ein normaler Mensch benommen hätte. »Aber anders hätt er auch nicht sein dürfen. Schließlich hab ich schon immer den Männern Bescheid gestoßen. Meinem Mann hab ich damals abgetrotzt, dass ich nicht die schwere Arbeit im Weinberg zu machen brauch. Sonst hätt er mich nicht gekriegt. Er hat Wort gehalten.« Wir waren beeindruckt.

Auf dem Parkplatz hatte sich bereits ein anderer Wohnmobilfahrer häuslich eingerichtet. Wir stellten uns daneben. Von dort konnten wir, wie unsere Nachbarn, die Weinfelder unter uns überblicken und die fantastische Sicht genießen: Wir befanden uns sozusagen auf einem Balkonplatz mit perfektem Panoramablick. Vor uns lagen viele bekannte, sehr schöne Städte. Ohne große Schwierigkeiten konnten wir einige Orte sofort benennen, darunter Heidelberg oder Speyer mit seinem Dom.

Unsere beiden Nachbarn waren erfreut, Besuch zu bekommen. Von ihrem Campingtisch und ihren Stühlen erhoben sie sich und begrüßten uns: »Schön, dass wir jetzt Nachbarn haben, zu zweit ist es doch angenehmer, da fühlt man sich immer sicherer.« Damit hatten sie recht, uns ging es auch nicht viel anders. Beide waren Rentner, der Mann war siebzig Jahre alt, untersetzt und für sein Alter noch sehr muskulös. Auf seinen Oberarmen prangten farbige Tätowierungen, die sich auf seinem kräftigen Bizeps hin und her bewegten. Lange Zeit war er zur See gefahren. Nach seiner Abmusterung verdiente er sein Geld als Tanklastwagenfahrer. Seine Frau war die meiste Zeit ihres Lebens ebenfalls berufstätig gewesen, so dass sie sich jetzt in der Rente finanziell nicht schlecht standen.

Bevor wir uns zum Bummel durch den Ort aufmachten, kamen noch zwei weitere Wohnmobile angefahren. Auffällig war, dass sich die beiden Männer – und nur sie befanden sich in den Wohnmobilen – nicht lange mit dem Aufstellen der Wagen aufhielten. Etwas entfernt von uns stoppten sie, und das war es. Es gab kein Ausrichten, kein längeres Hin- und Herfahren, so wie es bei den Wohnmobilisten üblich ist, bis sie endlich die richtige Position eingenommen haben. Kaum standen sie nebeneinander, erhielten wir den nächsten Besuch, ein Mercedes rauschte heran. Zwei sehr gepflegt aussehende Damen mittleren Alters stiegen aus. Sie winkten dem Mercedesfahrer zum Abschied zu, der sogleich mit seinem Pkw entschwand.

Die Frauen steuerten auf die beiden Wohnmobile zu. Ein großes Hallo brach aus, man schien sich zu kennen, machte es sich unter der großen Markise des einen Wohnmobils bequem und befand sich bald in einem angeregten, nicht gerade leisen Gespräch. In leichter Sorge um unsere ungestörte Nachtruhe verließen wir den Parkplatz.

Spätabends kamen wir heim. Friedliche Stille empfing uns. Das Rentnerpaar schaute auf die Tiefebene und erfreute sich bei einem Glas Wein an dem herrlichen Anblick der vielen Lichter aus den Orten und Städten. Ein schöner Tag ging zu Ende, die Nacht kam und damit auch die Schlafenszeit.

Ich weiß nicht, wie lange ich schon geschlafen hatte, als mich ein Dauerhupton weckte. Nach einer kurzen Unterbrechung ging es wieder von vorn los. Es kam eindeutig von einem der Wohnmobile, deren Fahrer nach uns gekommen waren. Es hätte deren Alarmanlage sein können. Dem war aber nicht so, meine Frau klärte mich sofort auf: »Hast du den Krach die ganze Nacht nicht mitbekommen? In den Wohnmobilen hat es ständig gepoltert, Türen wurden zugeschlagen – und dann noch das Gejohle und Gekreische. Und jetzt spielen die Verrückten noch mit der Hupe, das kann ja wohl nicht wahr sein!«

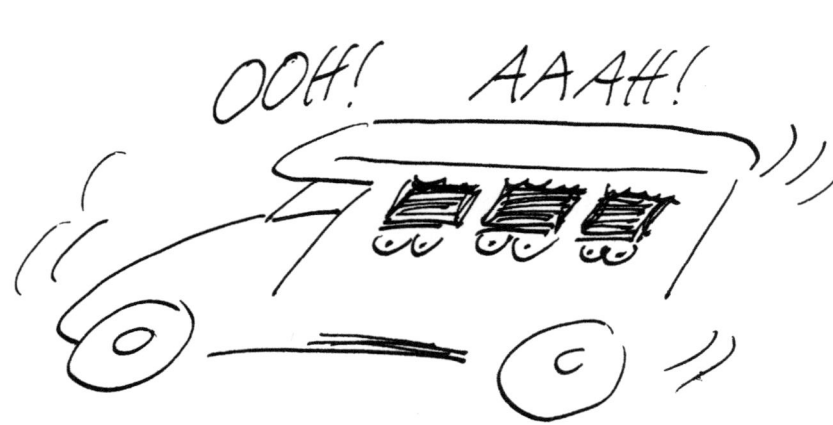

Kaum hatte sie zu Ende gesprochen, hörten wir unseren Nachbarn, den Rentner: »Jetzt reicht's aber, ihr Verrückten, hier ist sofort Ruhe oder es knallt!« Von drüben kam es zurück: »Was willst du überhaupt, Alter? Halt die Klappe!« Genau das hatte unser Nachbar nicht vor. Der ehemalige Seemann und Tanklastwagenfahrer blieb den Krachmachern nichts schuldig: »Ihr gehört doch gar nicht zur Gemeinschaft!« Antwort: »Zu welcher Gemeinschaft denn, du Arsch?«

Jetzt wurde es langsam brenzlig. Es fehlte nicht mehr viel, ich sah bereits unseren Nachbarn im heftigen Körperkontakt. Unter Umständen war Hilfe angesagt. Keilerei lag in der Luft. Der Schlagabtausch blieb jedoch verbal. »Mit solchen Typen wie euch mach ich kurzen Prozess. Wenn ich ein Eisen hätt, dann tät ich euch eins zimmern, aber nicht zu knapp. Ich komm gleich rüber!« Das war nicht nötig. Türen klappten, und ein Pkw fuhr in schneller Fahrt davon. Wir hatten Ruhe.

Diese Stille trat derart unerwartet ein, dass ich aus unserem Alkovenfenster raussah. War draußen was geschehen? Einer der Männer lag im Gras und bewegte sich nicht. Ich sah wieder hin, er lag noch immer da. Träumte ich? Erneut hingesehen, und der Mann war weg.

Ich wartete auf den Schlaf. Noch einmal sah ich raus. Die Außenlampe über der Wohnmobiltür brannte. Der Mann lag wieder an derselben Stelle. Das kann doch nicht wahr sein! Ich beobachtete ihn aus dem Fenster genau. Erst nach einer Weile rührte er sich ganz leicht, stand schwerfällig auf, wankte in sein Wohnmobil und schloss die Tür. Der Camper war völlig fertig. Von dem anderen Reisemobil war ebenfalls nichts mehr zu hören – Totenstille.

Spät am Morgen erwachten wir, die Sonne schien, die beiden Wohnmobile waren fort. Unsere Nachbarn saßen am Tisch, mit ihrem Frühstück waren sie offenbar längst fertig. »Sie können aber schlafen. Na, als ich noch jünger war, schlief ich auch fest wie ein Stein. Haben Sie den Krach nicht gehört?« – »Ich hab überhaupt nicht gut geschlafen«, entgegnete meine Frau. »Was war da eigentlich los?« – »Ja, wissen Sie das nicht? Nutte, Nutte! Haben Sie nicht gesehen, wie die Männer die Frauen gejagt haben, der eine mit einer Luftmatratze? Und dann ging es rein in die Wohnmobile, bum bum!, dann wieder raus. So eine Sauerei, das war nicht zum Aushalten. Und dann das Gehupe, die waren ja völlig high.«

»Sie waren aber auch nicht schlecht. Ich hatte nur Angst vor einer wilden Schlägerei«, warf ich ein. »Das kann ich mir nicht mehr leisten, deswegen saß ich einige Zeit im Knast.« Jetzt wussten wir alles: unser Nachbar, ein Terminator, der offensichtlich mordsmäßig »zimmern« konnte.

Als wir zum Abschied Helmuts Mutter die Geschichte vom Parkplatz erzählten, hörte sie ganz gebannt zu. So was! Und das auch noch bei ihnen auf dem Parkplatz! Ich sah ihr an, wie sie sich gedanklich darauf vorbereitete, unsere Erlebnisse gleich in der Nachbarschaft zum Besten zu geben. Nach unserem letzten Satz holte sie tief Luft: »Vielleicht sollte ich mir auch ein Wohnmobil zulegen.« Die krausesten Gedanken schossen durch meinen Kopf: Was hatte die Frau vor? Sie sah uns verschmitzt an: »Dann tät ich auf meine alten Tage auch noch was erlebe.«

Der falsche Bruder in Griechenland

Nach dem Ansturm deutscher Touristen auf italienische Strände – beginnend in den Fünfzigerjahren – und in der Folge auf Urlaubsziele in Spanien schwappte die nächste Reisewelle in den Siebziger- und Achtzigerjahren nach Griechenland über. Griechische Tavernen schossen in Deutschland wie Pilze aus dem Boden. Sehr erfolgreich verpackten Komponisten griechische Musikelemente in deutsche Schlager. Zusammen mit »Griechischer Wein«, »Sirtaki« und »Weiße Rosen aus Athen« eroberten diese Songs die Charts. Auch die Filmindustrie lebte von der Griechenlandeuphorie. Viele Streifen entstanden. Zum Kultfilm avancierte »Alexis Sorbas«, bereits 1964 mit dem Weltstar Anthony Quinn gedreht.

Anfangs waren es vor allem junge Menschen, die Griechenland anlockte. Wildes Campen war in diesem Land zwar untersagt, das Verbot wurde von den Behörden jedoch meist genauso ignoriert wie von den Urlaubern. Griechenland stand für Freiheit und Freizügigkeit. Die Gastfreundschaft der Griechen beeindruckte und verzauberte die jungen Touristen.

Uns ging es damals nicht anders. 1977 waren meine Frau und ich zusammen mit Freunden in zwei Campingbussen unterwegs nach Griechenland. Mehrere Jahre blieben wir diesem Reiseland treu. Auch unsere drei Kinder erlebten es vom Wohnmobil aus. Freundschaften mit Griechen entstanden, die teilweise bis heute erhalten geblieben sind. Die in Griechenland verbrachten Sommerferien haben unsere Kinder so gut in Erinnerung, dass sie als Erwachsene dieses Land wieder besuchten, zum Teil auf den Spuren ihrer Kindheitserlebnisse.

Das Griechenland, das mit der folgenden Geschichte verbunden ist, dieses Griechenland gibt es nicht mehr. Vor meinen Augen entstehen Bilder von schwarz gekleideten Frauen, die ihre Röcke hochnehmen und zum Baden in das Wasser des blauen Mittelmeeres gehen. Erreicht das Wasser ihre Waden, stoppen sie: Schwimmen können sie nicht. Nach getaner schweißtreibender Tagesarbeit fahren die Männer ihre Familien auf abenteuerlichen Gefährten an die Strände. Verschämt um sich blickend ziehen sie sich nach Möglichkeit hinter einem Busch um. Eselskarren beherrschen das Straßenbild. Wenige Pkws und Lkws – meist alt und klapprig – teilen sich mit ihnen die Straße, die selten diese Bezeichnung verdient.

Mehrfach sind wir in den Orten von uns wildfremden Familien eingeladen und bewirtet worden. Gleiches passierte uns an traumhaften Stränden, man bat uns zum gemeinsamen Grillen und Feiern. Mit neuen Freunden ging ich auf Fischfang. Wir schnorchelten und trieben uns unter Wasser die Fischschwärme in die Netze. Als Geburtstagsgeschenk erhielt ich eine unvergessliche Bootsfahrt. Ein Grieche versprach mir und meiner Familie eine ganz besondere Attraktion: Durch das kristallklare Wasser sahen wir die im Altertum versunkene Hafenstadt Epidaurus. Häuserwände und Gassen zeichneten sich vielleicht ein bis zwei Meter unter uns immer noch gut erkennbar ab.

Der Fremde war gleichzeitig Gast. Vieles von dem, was uns damals idyllisch und pittoresk anmutete, war aber in Wirklichkeit oft das Abbild bitterer Armut. Die

Touristen waren auch deswegen so willkommen, weil sie Geld ins Land brachten, aber wie gesagt: nicht nur deswegen.

Als wir Costas kennenlernten, waren wir das zweite Mal in Griechenland, damals noch ohne den Nachwuchs. In der Nähe der Hafenstadt Pilos standen wir mit unserem VW-Camper am Wasser und hatten gerade unser Klepper-Faltboot aufgebaut, als er auf seinem Motorrad angebraust kam – seinem ganzen Stolz. Er begrüßte uns auf Deutsch. Lange Zeit hatte er als Elektriker auf deutschen Baustellen geschafft. Jetzt war er vierzig Jahre alt und arbeitete in seiner Heimat. Er freute sich, junge Deutsche zu sehen. Von unserem Platz hielt er nichts, wir sollten uns lieber zur Abfahrt fertig machen. Eine einzigartige, fast kreisrunde Sandbucht könnte er zeigen: »Dort ist das Paradies!« Nach einer Stunde wollte er wieder zu uns kommen.

Costas kam pünktlich, das hatte er auf dem Bau in Deutschland so gelernt. Noch einmal begrüßte er uns, diesmal in seiner Muttersprache. Nach altem Brauch hielt er in den Händen Honigstangen und Basilikum als Willkommensgruß. Wir waren gerührt.

Los ging die Fahrt, vorbei an Hirten mit ihren Ziegenherden, auf schmalen Wegen entlang von Gemüse- und Tomatenfeldern, dann auf einem abenteuerlichen Weg durch Sumpfgebiet mit mannshohen Gräsern und Schilf. Wir hatten bereits Angst, mit dem Bus steckenzubleiben, als sich vor uns eine große, topfebene Salzfläche öffnete. Costas gab Gas, wir hinterher. Es war fast wie auf den ausgetrockneten amerikanischen Salzseen. In der Ferne sahen wir hohe Sandhügel. Dünen, spärlich mit Gräsern und niedrigen Büschen bewachsen, kamen näher. Vor einer der Dünen hielt Costas: »Wir sind da, hier ist es!« –

Wir sahen ihn fragend an. »Geht in diese Richtung.« Und tatsächlich, vor uns lag eine große Bucht, wie man sie aus den Prospekten mit Südseefotos kennt. Sie war wirklich fast kreisrund, mit dem in Griechenland so seltenen feinen, weißen Sand, eingebettet in eine Dünenlandschaft. Zum Meer hin verliefen hohe Felsen. Durch einen Felsspalt gab es einen schmalen Zugang, der draußen vom Wasser kaum auszumachen war. Das war die ideale Bucht! Hier konnte man bleiben. Außerdem waren wir nicht allein. Zwei deutsche Familien hatten auch mit griechischer Hilfe in ihren Campern den Weg ins Paradies gefunden.

Wir verbrachten eine wundervolle Zeit. Tagsüber wehte ein leichter Wind, der die sommerliche Hitze gut ertragen ließ. Mit unserem Paddelboot segelte ich gefahrlos in der Bucht und wagte mich bei etwas geringerem Seegang auf das Meer hinaus. Wir schwammen, tauchten und plauderten mit den anderen Campern über Gott und die Welt. Mit kleinen Motorbooten kamen jeden Tag ein paar sonnenhungrige Badegäste.

Costas führte uns zu nahen Ausgrabungsstellen. Natürlich hatte es unser neuer Platz auch den Menschen in der Antike sehr angetan, bot die Bucht über ihre Schönheit hinaus doch einen perfekten Schutz vor Angriffen. Archäologen waren fest davon überzeugt, auf die Fundamente eines antiken Königspalastes gestoßen zu sein. Von einem Felsen grüßten außerdem die Überreste einer Frankenburg, Turmruinen waren noch gut zu erkennen.

Unseren Campingnachbarn, darunter einem Arzt, ließ der Anblick der Ruinen keine Ruhe, zumindest die beiden Männer mussten zu dieser Frankenburg hoch. Nur mit Badehose, T-Shirt und Sandalen bekleidet kletterten sie voller Abenteuerdrang den Felsen hinauf. Ein beschwerlicher Aufstieg war zu meistern, den sie sich zum Schluss auch noch mit Buschmessern frei zu kämpfen hatten. Das war mit Sicherheit das schlimmste Teilstück, zumal es durch zwar niedrige, aber dornige Macchia führte. Durch das Fernglas verfolgten wir sie gebannt. Sie schafften es tatsächlich, winkten kurz von der Burg, um danach in hohem Tempo abzusteigen.

Das große Wiedersehenshallo kürzten sie wortkarg ab, der Arzt sprang in sein Wohnmobil, griff sich eine Paraldose, sprühte sich und seinen Kletterkumpan sorgfältig ein, sprühte noch einmal kräftig in die Badehosen hinein, und dann hechteten sie ins Wasser. Mücken, Zecken und Milben hatten sich hoch erfreut auf die unerwartete Beute gestürzt. Dazu kamen noch die vielen Kratzer durch das Dornengebüsch, und Schlangen hatten sie auch gesehen. Die Griechen schüttelten über so viel Unvernunft nur den Kopf. Am nächtlichen Lagerfeuer schilderten die beiden uns die Details ihres Selbsterfahrungstrips. Sie hatten sich wieder erholt. Aber eins war ihnen klar – nie wieder halbnackt durch die Macchia …

Abends schaute meist Costas vorbei, der uns gern seinen Freunden und Bekannten präsentierte. So nahmen auch wir an einem großen Dorffest teil. Es wurde gesungen, gegessen, nicht wenig getrunken und viel getanzt. Tanzen ist traditionell in Griechenland Männersache. Wenn sie tanzen, haben die Frauen zuzusehen. Ein Mann fordert einen anderen zum Tanz auf. Daran musste ich mich in zweifacher Hinsicht gewöhnen. Zum einen war es schon ungewohnt, von einem Mann zum Tanz gebeten zu werden, wobei man sich erfreulicherweise kaum anfasst, und zum anderen bin ich ein Tänzer, der – freundlich formuliert – etwas Schwierigkeiten hat, den Rhythmus in seinen Körper zu übertragen. Das heißt, ein Ausdruckstänzer oder dergleichen bin ich nun wirklich nicht.

Der Wein hatte es mir an diesem Abend aber leicht gemacht. Costas tanzte vorweg und ich sollte seine Bewegungen einfach nur nachahmen. Ich reduzierte seine verschnörkelte Tanzkunst auf ein paar Bewegungen, die zu meiner großen Freude bei den Umstehenden als bravourös aufgenommen wurden. Mehrfach erhielt ich Szenenapplaus.

Es wurde aber noch besser. Costas schlug in Ermangelung von Tellern, die er nach alter Gepflogenheit wohl gern geworfen hätte, immer mal wieder mit der flachen Hand auf einen wackeligen Holztisch am Rande der Tanzfläche. Ich tat es ihm nach. Costas steigerte sich, er schlug kräftiger auf den Tisch, ich auch – und das war zu viel. Der Tisch krachte mit einem lauten Knall zusammen. Ein unbeschreiblicher Jubel brach aus. Ich war der Tanzkönig! So einfach ist es manchmal. Costas war mit mir sichtlich zufrieden. Mit solchen Freunden konnte man sich sehen lassen. Meine Frau, groß gewachsen und naturblond, war sowieso die Attraktion – besonders für die griechische Männerwelt.

An unserem letzten Ferientag hatte Costas einiges vorbereitet. Sein Schwager holte uns mit seinem Wagen ab. Wir waren zum Essen im Kreise seiner Familie eingeladen – eine große Ehre. Für solche Fälle hatten wir vorgesorgt. Aus unserem Womo holten wir Gastgeschenke: für Costas ein Schweizer Offiziersmesser, für den Schwager eine Tonbandkassette mit internationalen Hits. Costas Frau sollte eine kleine Kristallschüssel erhalten. Der Schwager war mehr als happy, er hatte in seinem Wagen zwar ein Kassettengerät, dafür aber keine einzige Tonkassette. Costas fühlte sich mit dem Messer wie ein Offizier und bedankte sich überschwänglich. Seine sehr nette und liebe Frau revanchierte sich nicht nur mit griechischen Köstlichkeiten auf der langen Tafel, sondern auch mit gestickten und fein verzierten Deckchen als Geschenk für uns.

In großer Harmonie saßen wir zusammen. Costas schlug vor, zum Hafen zu gehen und sich dort bei einer Taverne unter schattenspendende Platanen ans Wasser zu setzen. Erneut wurden wir Freunden vorgestellt. Als meine Frau andeutete, sie wolle heim zum Wohnmobil, rief Costas von der Taverne sofort seinen Schwager an, der uns zurückfahren sollte. Dieser war aber trotz mehrfacher Versuche nicht zu erreichen. Da blieb nur eins übrig: Costas Motorrad.

Meine Frau war von dieser Idee überhaupt nicht angetan. Sie stand nicht gerade auf Motorradfahren, willigte nach gutem Zureden aber doch ein. Zuerst brachte Costas mich zum Wohnmobil. Der Abschied war gekommen: der Abschied von einem guten Freund. In Sorge um meine Frau bat ich ihn, das zweite Mal langsamer und vorsichtig zu fahren. »Sigá-sigá, langsam, ganz langsam, Costas!« Er nickte, wir umarmten uns inniglich. Was für eine Zeit hatten wir! Costas sah mich an, küsste mich auf die Wangen und stammelte selbst ganz ergriffen und gerührt nur noch: »Bruder, Bruder.« Ja, das empfand ich genauso.

Costas war für mich so etwas wie ein Bruder geworden. In dem Moment dachte ich tatsächlich an die Blutsbrüder Old Shatterhand und Winnetou und ahnte etwas von ihren Gefühlen, wenn sie voneinander Abschied nehmen mussten. Costas fuhr mit seinem Motorrad davon, ohne sich noch einmal umzusehen. So war es richtig, auch ein Indianer hätte das auf seinem davongaloppierenden Mustang nicht getan. Wehmütig ging ich in den Wagen, um unsere Abfahrt vorzubereiten. Meine Frau würde bald kommen.

Sie kam aber nicht. Ich wartete und wartete. Das konnte nicht sein. Hatten die beiden einen Unfall? Ich machte das Wohnmobil startklar. Da sah ich von Weitem das Motorrad mit Costas und meiner Frau in hoher Geschwindigkeit näherkommen. Merkwürdig: Beim Absetzen meiner Frau hielt mein neuer Bruder einen großen Abstand zum Wohnmobil und fuhr hastig davon. Mein »Bruder« war schon wieder entschwunden.

»Warum kommst du erst jetzt? Ich habe mir Gedanken gemacht. Ist was passiert?« – »Das kann man wohl sagen«, klärte meine Frau mich auf. »Costas ist zuerst ganz normal gefahren, wurde dann immer langsamer, hielt an. Er stieg ab, lag auf den Knien vor mir und bat mich um einen Kuss, nur einen. Er sei zwar verheiratet, aber unglücklich. Ich sei so schön und blond.« – »Ja, und was hast du da gemacht?« – »Als der Grieche am Straßenrand vor mir kniete, mich anhimmelte und jaulte

wie ein rolliger Kater, musste ich lachen. Ich konnte kaum aufhören. So eine komische Situation habe ich in meinem ganzen Leben noch nicht erlebt. Ich habe ihm erklärt, dass du wartest. Ganz listig meinte er, du hättest ihn extra gebeten, besonders langsam zu fahren. Aber schließlich hat er begriffen, dass er bei mir nicht landen konnte.«

So ein falscher Bruder! Jetzt wusste ich, warum er es beim Absetzen meiner Frau so eilig hatte.

Von Reliquien zu Retsina

Griechenland hat uns wieder! Meine Frau und ich sahen uns an, wir freuten uns wie die kleinen Kinder. Der Hafen Patras lag hinter uns, besonders die abenteuerliche Abfahrt von der Fähre: Tief aus dem Bauch des Schiffes musste ich zunächst rückwärts nach oben aufs Deck fahren. Da kommt jeder schnell ins Schwitzen, vor allem wenn man weiß, dass Blechschäden oder Lackkratzer den Schiffseigner wenig bis gar nicht tangieren. Wir fuhren in unserem VW-Campingbus auf der Küstenstraße Richtung Süden. Bei heruntergekurbelten Fensterscheiben genossen wir den Fahrtwind, hörten Bouzuki-Musik und hatten den besonderen Geruch der griechischen Landschaft in unseren Nasen. Das vertrocknete Gras, der Harz von den Pinien und der feine Staub, vermengt mit der Seeluft, ergeben eine einzigartige Duftmixtur, an der ich Griechenland selbst mit verbundenen Augen jederzeit erkennen würde.

Es war das Jahr 1980, Griechenland hatte sich seit 1977 – unserem ersten Aufenthalt – kaum merklich verändert. Die Mittelmeerfähren punkteten nicht gerade mit übermäßigem Komfort, und über die Schiffssicherheit machte man sich am besten keine großen Gedanken. Viele der Autofähren waren damals alte Passagierschiffe, von den griechischen Reedern umgebaut zum Transport von Lastwagen und Autos. Die Seeleute legten ihren ganzen Ehrgeiz darein, jedes Fahrzeug so in die einzelnen Decks einzuweisen, dass sie sich beinahe mit den Stoßstangen berührten. Als Zugabe sorgten sie mit dem seitlichen Einparken der Fahrzeugreihen für eine gewisse Diebstahlsicherheit, denn in den meisten Fällen ließen sich die Türen anschließend kaum noch öffnen.

Wir hatten die gesamten Sommerferien vor uns. Eine Peleponnes-Umrundung war angedacht. Zurück sollte es über Nordgriechenland und den Fährhafen Igoumenitsa gehen, aber das hatte ja noch Zeit. Natürlich waren die üblichen klassisch-antiken Besichtigungsziele wie zum Beispiel Olympia angesagt.

Immer weiter in Richtung Süden stießen wir auf das Gebiet der Mani, weiter geht es nicht mit dem Auto. Das Festland ist zu Ende. Schroffe Felsen stürzen in das Meer, fast überall Öde, wuchtige Felssteine beherrschen das Bild, teilweise überwuchert von Kakteen, selbst die in Griechenland obligatorischen Ziegenherden fehlten. Kein Wunder, dass die Griechen der Antike diese unwirtliche Gegend mit einem Zugang zum Hades, zur Unterwelt, in Verbindung brachten.

Sensationell waren jedoch die Geschlechtertürme, einige wenige waren immerhin noch ganz gut erhalten. Es muss an dieser Mondlandschaft gelegen haben, dass vor langer Zeit die Menschen auf die Idee kamen, Türme zu errichten, um sich – wohl andauernd in Familienfehden befindend – von Turm zu Turm mit Felsbrocken zu bewerfen. Gesiegt hatte der, dessen Turm zum Schluss noch stand.

Ziemlich schnell wandten wir uns von der unwirtlichen bis unheimlichen Mani ab. Ein im Gebirge entlegener Tempel war unser neues Ziel. Schon lange befanden wir uns nicht mehr auf Asphaltstraßen. Auf engen, mit Geröll übersäten Sandwegen schraubten wir uns immer höher. Hier eine Panne, ich weiß nicht, wie lange es gedauert hätte, um Hilfe heranzuholen. Einsamer ging es wirklich nicht. Wir erreichten den Tempel beziehungsweise das, was von ihm übrig geblieben war. Zu unserer Überraschung wurde er sogar bewacht. Der Wächter hatte ein kleines Motorrad bei sich, mit dem er sich gleich nach unserer Ankunft verabschiedete, der Tag neigte sich dem Ende zu. Die Übernachtung sei hier kein Problem, uns würde bestimmt keiner stören, meinte er noch, und weg war er. Das glaubten wir ihm aufs Wort.

Unser VW-Camper war mit einem Aufstelldach ausgerüstet. Hochgeklappt konnte man dann eine Etage höher wunderbar schlafen. Die seitlichen, stabilen Zeltwände ließen die nächtliche Kühle in das Fahrzeug, zum Schlafen also optimal. Frühmorgens, es war noch dunkel, gab es einen kräftigen Plumps auf das Dach, es sackte ganz leicht durch. Gleichzeitig hörten wir ein Kratzen und Scharren, verbunden mit einem Krächzen. Zwei große und schwere Adler hatten sich meiner Meinung nach auf unserem Dach niedergelassen. Ich konnte die Aggressivität der griechischen Adler nicht einschätzen, den Schnabelhieben hätte die Zeltwand nicht standgehalten. Rausgehen wollte ich nicht, vielleicht lag da noch ein Bär vor der Haustür. Hier schien alles möglich.

Wir warteten also mucksmäuschenstill auf den Abflug, der aber nicht so schnell erfolgte. Stattdessen krächzten die beiden Vögel recht munter vor sich hin und scharrten auf unserem Dach. Erst ein plötzlich einsetzender Gesang verscheuchte sie, es dämmerte bereits. Jetzt spinnen wir total, dachten wir. Aber tatsächlich stieg eine Gruppe von Arbeitern einen schmalen Ziegenpfad hoch und zog singend an uns vorbei. Wir kamen uns vor wie im Film: Bei Alexis Sorbas gibt es so eine ähnliche Szene. Als wir morgens beim Frühstück an unserem Campingtisch saßen, konnten wir nicht glauben, was wir erlebt hatten – so unwirklich schien es uns. Sollten wir doch alles nur geträumt haben? Wenn, dann hatten wir beide denselben Traum.

In Deutschland war seit zwei Jahren ein Reiseführer auf dem Markt, der auf der Umschlagseite damit warb, ein absoluter Insiderführer zu sein. Insidertipps, die kaum einer kennt – das war's, wonach wir immer auf der Suche waren. Nur dumm, dass auch andere so dachten und wir bei mehreren Gelegenheiten auf nicht gerade wenige Touristen stießen, die ebenfalls so ein Buch vor der Nase hatten und sich mit uns wunderten, wo denn die vielen Leute plötzlich herkamen. Sie kennen jetzt den Grund … Fallen Sie also bitte nicht wie wir bei der Planung Ihres Urlaubs auf derartige Marketingtricks herein. Nach kurzer Zeit haben wir uns dann von diesem exquisiten Führer befreit, zumal er auch noch Fehlinformationen enthielt. Aber einen Tipp wollten wir trotzdem noch ausprobieren. Es ging um ein Kloster, das Touristen die Möglichkeit der Besichtigung bot und Wanderern die einmalige Übernachtung.

Beim Kloster angekommen, sahen wir ein junges Paar vor der schweren Eingangstür stehen. Die Frau wurde nicht hereingelassen. Sie trug keinen langen Rock, und auch ihre Schultern waren nicht genug bedeckt. Beide waren Wanderer und wollten dem wunderbaren Insiderbuch folgend im Kloster übernachten. Das ging nun überhaupt nicht. Ein ausgesprochen freundlicher Mönch erklärte ihnen, Übernachtungen für Fremde hätte die Klostergemeinschaft noch nie angeboten. Er könne aber mit Röcken und einem Schultertuch aushelfen, das hätte man vorrätig. Mit einem Stapel Frauenkleider über dem Arm kam er zurück, und los ging es zur Besichtigung.

Ein junger Mönch war mir dauernd auf den Fersen, meine Fotoausrüstung hatte es ihm augenscheinlich sehr angetan. Nach geraumer Zeit nahm er mich beiseite und sprach mich in gebrochenem Englisch an. Er könne mir die kostbarsten Schätze des Klosters zeigen, dies müsse aber unter uns bleiben und ganz heimlich geschehen. Als Gegenleistung sollte ich sie fotografieren und ihm die Bilder zuschicken. Geschickt steckte er mir seine Anschrift in lateinischen Buchstaben auf einem kleinen Zettel in meine Hosentasche. Na gut, dachte ich, wenn der Mönch dies so will, kann ihm geholfen werden, außerdem war ich auf die Schätze gespannt. Nur schade, dass die anderen davon nichts mitbekommen durften.

Der Mönch bat mich, ihm zu folgen. An einer schlecht einzusehenden und für seine Zwecke geeigneten Stelle in einem Klostergang bedeutete er mir stehenzubleiben. Er hielt einen Finger auf den Mund und verschwand. Wieder kam er mit verschieden großen Gegenständen, die in Tüchern eingeschlagen waren. Er wickelte sie behutsam und andächtig vor mir aus. Es waren lauter verzierte, kunstfertig hergestellte Silberummantelungen, in denen menschliche Knochen ruhten. Der Mönch ließ mich allein die heiligsten Reliquien seines Klosters sehen. Sehr seltsame Gefühle beschlichen mich. Ganz verzückt schaute mich mein Mönchlein an, es erwartete eine ähnliche Verzückung von mir. Damit hatte ich allerdings

einige Probleme, tat ihm aber den Gefallen des Fotografierens. Nach den Sommerferien habe ich ihm selbstverständlich die Bilder zugeschickt.

Die Besichtigung fand bald ihr Ende. Meine Frau und unsere neuen Bekannten, zwei junge Finanzbeamte aus dem Rheinland, klärte ich über die Gründe meines vorübergehenden Fernbleibens auf. Sie staunten nicht schlecht. Weil es mit der Übernachtung für die beiden im Kloster nichts wurde und die nächste Ortschaft sehr weit entfernt lag, nahmen wir sie in unserem Camper mit und setzten sie an einer kleinen Pension ab. Zum abendlichen Treffen verabredeten wir uns in der einzigen Taverne des Ortes.

Dort galt noch die griechische Sitte: Äußerte der Gast einen Essenswunsch, so geleitete man ihn in die Küche. Er durfte in die Töpfe sehen und konnte sich nach eingehender Beratung sein Essen zusammenstellen. Gerade für Ausländer, die des Griechischen nicht mächtig waren, ein idealer Service. Und dann gab es noch etwas in dieser Taverne. Der Wirt kredenzte uns einen dunklen Retsina, den man kiloweise bei ihm bestellte. Bald versetzten uns ein paar Kilo dieses würzigen, geharzten und dunklen Weins in beste Stimmung. Die rheinländischen Finanzbeamten waren anfangs nicht besonders gesprächig. Das änderte sich aber mit zunehmendem Konsum des griechischen Rebensaftes. Er brachte in den Rheinländern den ihnen eigenen Frohsinn zum Vorschein. Von unserer guten Laune angesteckt, kam im Laufe des späten Abends auch Yanni, der Wirt, an unseren Tisch und erzählte auf Englisch von seinem Leben in Kanada. Er hatte in diesem Land viele Jahre als

Kellner Geld verdient, um in seiner Heimat die Taverne aufbauen zu können.

Freigiebig spendierte er mehrere Kilos, es war schon weit nach Mitternacht. Dem lustigen Treiben machte schließlich seine Frau ein Ende, sie warf weniger uns als vielmehr ihren Mann aus der Taverne. Er protestierte zwar heftig, sie setzte sich aber durch, zumal auch wir ein Einsehen hatten. Es war genug, ein weiteres Kilo Retsina, und wir hätten uns wohl noch in der Gaststube schlafen gelegt.

Draußen wurden wir von Regen empfangen. Die Rheinländer verschwanden zu ihrer Pension. Yanni tanzte vor Freude, der Regen war für das trockene Land ein Geschenk des Himmels. Er griff sich sein Rad, auf das er mit Mühe noch raufkam, und fuhr voller Begeisterung durch die Pfützen. Schwankend und eiernd geleitete uns unser Wirt zum VW-Bus am Rande eines Olivenhains. Schon längst wusste er, wo wir standen. Gleich nach unserer Ankunft hatte sich die Neuigkeit in Windeseile im Ort herumgesprochen. »Kalinichta, gute Nacht«, und wir begaben uns in unserem Camper zur Ruhe.

Wie es uns nach dem reichlichen Retsinagenuss erging, möchte ich hier nicht näher ausführen. Sie können es sich vermutlich vorstellen. Ich kann Sie jedenfalls vor dem Zechen mit Rheinländern nur warnen, und wenn noch ein griechischer Wirt mit dunklem Retsina dazukommt, sollten Sie besonders auf der Hut sein.

Morgen bringe ich sie alle um

Erholt von der Retsinasause ging es weiter auf Entdeckertour nach Nordgriechenland. Mitikas gefiel uns ausnehmend gut. Allein die riesige Palme auf dem Marktplatz gab dem Ort ein besonderes südländisches Flair. Damals war der Ort noch sehr klein, viele Häuser standen dicht am Meeresufer, zuweilen klatschten die Wellen an die Hauswände. Man konnte auf einem Steg hinter den Häusern am Wasser entlanggehen. Das ganze Augenmerk galt dabei den Wellen, sonst gab es eine Fußdusche.

Gleich hinter Mitikas führte ein schlecht befestigter und wenig befahrener Sandweg ins entfernte Gebirge. Kärgliche Wiesen, hier und da ein knorriger Baum und im Hintergrund das Gebirgsmassiv, mehr war dort damals nicht zu finden. Eine Ziegenherde weidete auf den staubigen Wiesenflächen, bewacht von einem Hund und einem Schäfer, der im Schatten eines Olivenbaumes ruhte, hin und wieder auf seine Herde schaute, seine Hand hob und uns freundlich grüßte.

Er sah keine Probleme für unseren Aufenthalt und bot uns sogar Wasser für den täglichen Bedarf an. Eine Bezahlung lehnte er entschieden ab. Wir hatten also einen ausgezeichneten Stellplatz gefunden. Lebensmittel ließen sich im nahen Ort besorgen, auch einem Tavernenbesuch stand nichts im Wege. Jederzeit konnten wir ins Wasser laufen … Allerdings war es ratsam, sich vorsichtig ins Wasser zu begeben. Ein Kieselstrand gespickt mit Seeigeln erfordert, wie man weiß, eine gewisse Umsicht. Wir beschlossen, ein Weilchen hier zu bleiben. Die Markise wurde am Wagen befestigt und das Faltboot aufgebaut.

Direkt vor uns lag das azurblaue Mittelmeer und in geringer Entfernung eine große, gebirgige Insel. Durch das Fernglas sahen wir Boote und bunte Steilwandzelte an ihrem Ufer. Griechische und italienische Urlauber hatten sich vorübergehend niedergelassen, Flaggen flatterten an ihren Zelten. Mit den Booten fuhren sie nach Mitikas herüber, um so ihre Versorgung sicherzustellen. Demnächst wollten wir der Insel einen Besuch abstatten und erkunden, was sie zu bieten hatte.

Ein paar Tage war ich beschäftigt, die Druckwasserpumpe im Camper zu reparieren. Sie leckte und war wichtig für unsere Wasserversorgung. Um dem Fehler auf den Grund zu gehen, zerlegte ich sie in ihre Einzelteile. Meine reizende Frau sah mich zunehmend schiefer von der Seite an und erklärte mir irgendwann so richtig aufbauend: »Ich hätte die wegen der paar Tropfen nicht ausgebaut, wer weiß, ob du die wieder hinkriegst. Und was machen wir dann?« Die Männer unter Ihnen wissen, welche Gefühlswallungen solch eine Bemerkung auslösen kann. Mit bordeigenen Mitteln habe ich die Pumpe schließlich reparieren können. Es hat zugegebenermaßen länger gedauert als gedacht. Stolz möchte ich jedoch hinzufügen, dass sie nie wieder getropft hat.

Nachdem das geregelt war, konnten wir mit dem Boot zur Insel aufbrechen. Es sollte ein Tagesausflug werden. Eine besondere Eigenart des Meeres mussten wir dabei berücksichtigen: Morgens war das Wasser spiegelglatt, spätestens mittags gab es stärkeren Wind mit ziemlich großen Wellen und gegen Abend schlief der Wind regelmäßig wieder ein. Danach richteten sich auch die Fischer, die früh mit ihren blau-weiß gestrichenen Motorbooten hinaustuckerten und spät wieder nach Mitikas einliefen. Nachts zogen einige Fischer mit ihren Booten fast lautlos dicht am Ufer vorbei. Am Bug leuchteten die auf das Wasser gerichteten, gleißend hellen Scheinwerfer. Nur das leise Zischen der mit Gas betriebenen Lampen war zu hören. Vor allem Tintenfische fühlen sich von dem starken Licht wie magisch angezogen. Für die Fischer werden sie so zur leichten Beute.

Der Morgen war wie immer schön. Die Sonne schien, es war bereits sehr warm. Wir schoben das Paddelboot in das ruhige Wasser. Für unseren Inseltripp hatten wir Tagesverpflegung an Bord und zwei große Badehandtücher. Unser Badezeug hatten wir praktischerweise schon angezogen. Zusätzlich waren wir mit unserem kleinen, aber leistungsstarken Fernglas ausgerüstet. Das musste genügen, schließlich wollten wir ja nicht übernachten, und die Insel selbst lag höchstens einen Kilometer von uns entfernt, also alles kein Problem.

Zügig glitten wir durchs ruhige Wasser. Die Insel kam immer näher, als wir plötzlich ganz leicht aus dem Wasser gehoben wurden. Erstaunt und etwas erschreckt sahen wir uns an. Das Gleiche passierte noch einmal, diesmal deutlich heftiger. Eine Untiefe konnte es nicht sein. Haiattacke, dachte ich spontan und wusste überhaupt nicht, ob unser Boot so etwas aushalten würde, schließlich hat ein Klepperboot keine feste Außenhaut. Unsere Angst wich aber schnell einer großen Erleichterung. Die »Angreifer« gaben sich zu erkennen: Es waren Delfine, die mit unserem Boot nur spielten. Vermutlich hatte sie der silbergraue, schlanke Bootsrumpf angelockt, den sie für einen etwas aus der Art geschlagenen großen Bruder hielten. Wieder hoben sie uns ganz leicht hoch, die Spanten knackten etwas – und dann verabschiedeten sich unsere freundlichen Meeresbewohner. Uns fiel natürlich ein Stein vom Herzen. Delfine! Was für eine Begegnung!

Von den Insulanern wurden wir in unserem Paddelboot freundlich begrüßt. Nikos, ein Grieche, der mit seiner Frau und seiner kleinen Tochter auf der Insel den Sommerurlaub verbrachte, stellte uns seine Familie vor. Er war ganz stolz auf seine Tochter, zumal sie so ausdrucksvolle blaue Augen hatte. Da passte es natürlich, dass meine Frau blond war. »Ja, das waren Delfine. Von denen gibt es in dieser Bucht sehr viele«, bestätigte er, als wir ihm unser neuestes Abenteuer erzählten. Wir zogen unser Boot höher auf den Kieselstrand und sicherten es zusätzlich mit einer langen Leine. Nach einem ausgiebigen Bad sollte es auf einem Pfad ins Innere der Insel gehen.

Der schmale Weg führte durch Buschwerk und einen kleinen Wald auf eine Art Plateau. Menschen hatten hier noch vor gar nicht so langer Zeit gelebt. Ein paar Häuser mit herausgefallenen Fenstern und windschiefen Türen zeugten davon. Ehemalige Gemüsegärten und kleine Felder ließen sich gut erkennen, und nicht weit von den Häusern plätscherte Wasser aus einem Felsspalt, wunderbares kühles und klares Trinkwasser. Wie so oft in Griechenland fand sich kein Mensch mehr, der bereit war, sein Leben auf solch einer Insel zu fristen. Das bisschen Land- und Viehwirtschaft war viel zu mühselig, es brachte so gut wie nichts ein.

Viel mehr war an diesem Tag nicht zu erkunden. In einer wunderschönen kleinen Bucht, abseits von den Zelturlaubern, sprangen wir ins Wasser, schwammen und tauchten im warmen Mittelmeer, das inzwischen wie gewohnt mit Wellen aufwartete. Der Nachmittag verging wie im Flug. Hungrig aßen wir die restlichen Vorräte. Wie herrlich kann Urlaub sein! Nur schade, dass sich die Ferienzeit so langsam dem Ende näherte. Aber dann geschah etwas, was überhaupt nicht vorherzusehen war. Es wurde immer windiger, die Wellen schlugen heftig auf den Kieselstrand. Es gab nur noch eine Chance: ganz schnell zum Boot und dann nichts wie weg zum Womo!

Zurück am Boot sahen wir die Griechen und Italiener beim Abbau ihrer Zelte, die sie eine Etage höher wieder aufstellten. Sie überprüften die Leinenbefestigung zu ihren Booten und vertäuten sie noch einmal besonders sorgfältig. Nikos erklärte uns, dass Sturm aufkommt und wir auf keinen Fall ablegen dürfen. »Bei solch einem Wetter gibt es in dieser Meeresenge eine sehr starke Strömung, gegen die ihr nicht anpaddeln könnt. Ihr findet euch dann auf dem offenen Meer wieder. Selbst die Fischer mit ihren großen Booten bleiben im Hafen. Wir können auch nicht mehr nach Mitikas rüberfahren, sorry.«

Da standen wir nun und wussten nicht so recht weiter. Der Grieche Nikos zeigte uns, wie man sich in der Not verhält. Seine Lebensmittelvorräte waren ebenfalls zur Neige gegangen, gegen Abend wollte er sie eigentlich in Mitikas wieder auffüllen. Ohne Aufhebens teilte er mit uns den kärglichen Rest. Für uns alle setzte er eine Suppe aufs Feuer, die er zuvor ordentlich mit Wasser verlängert hatte. Die Nacht nahte und mit ihr die Dunkelheit. Nikos stattete uns mit einer Plane zum Zudecken am Strand aus, mehr konnte er nicht erübrigen. Wir breiteten die Badehandtücher auf den Kieseln aus und krochen mit T-Shirts und Badehosen viel zu leicht bekleidet unter die Plane, die uns notdürftig gegen die einsetzende Nachtkühle schützen sollte. Nikos kam noch einmal vorbei und brachte gegen den Hunger eine selbst gefangene Auster, die aber unsere knurrenden Mägen natürlich nicht besänftigen konnte.

Ich hatte seit Tagen leichte Ohrenschmerzen, die sich – wie konnte es anders sein – gerade jetzt heftig meldeten. Eine Mittelohrentzündung hatte mich im Griff. Zu dem Klopfen im rechten Ohr kamen stärker werdende, schneidende Schmerzen. Es war zum Wahnsinnigwerden. Von unten drückten die Kieselsteine, man konnte sich so viel drehen, wie man wollte, das war alles vergebens, und »von oben« gab's die höllischen Ohrenschmerzen. Etwas Wärme könnte vielleicht helfen. Meine Frau spendierte mir ihr Bikinioberteil, das sie mir um den Kopf wickelte und dabei ganz besonders mein rechtes Ohr abdeckte. Der Bikiniwärmer half tatsächlich etwas. Mein Aussehen war mir in dem Augenblick völlig egal.

Der Sturm wurde auch in der Nacht nicht weniger. Die unendlich vielen und hellen Sterne am Himmel hätte ich in einer anderen Situation vermutlich genossen, jetzt hoffte ich nur auf den Tagesanbruch und auf das Nachlassen des Windes. Es wurde zunehmend kälter und durch unsere Körperausdünstungen unter der Plane feucht und feuchter. Ich dachte in dieser Situation an Peer, meinen alten Kommilitonen, mit dem ich in meiner

Studentenzeit mehr als zwei Monate durch das finnische Lappland gewandert war. Gern dozierte er bei unseren Übernachtungen im Freien über medizinische Erkenntnisse, speziell über den verhängnisvollen Prozess des langsamen Auskühlens beim Menschen und wie wichtig Wärme sei. Man merke aber nicht viel, so erklärte er damals, man werde nur schläfrig und dämmere früher oder später hinüber in den Tod. Das sollte uns aber nicht passieren, an Schlaf war allein schon wegen des Kieselbetts nicht zu denken.

Trotz allem dösten wir beide zwischendurch ein. In den Wachphasen schienen mir die Wellen weniger stark auf den Kieselstrand zu schlagen, sie wurden offenbar etwas schwächer. Den spontanen Gedanken, mit dem Boot bei Nacht abzulegen, verwarf ich aber sogleich. Es war einfach zu dunkel. Der Mond stand lediglich als schmale Sichel am Firmament. Auf keinen Fall wollten wir in unserem unbeleuchteten Boot von einem Fischkutter untergepflügt werden.

Plötzlich krähte ein Hahn. Die Sterne funkelten so klar wie zuvor. Es krähte der nächste Hahn. Bei mir kam Freude auf, es würde nicht mehr lange dauern, dann würde es hell sein. Aber nein, es blieb dunkel. Dafür krähte kurz darauf aus einer anderen Richtung ein Hahn – ausdauernd antwortete ihm ein anderer und dann wieder ein anderer. Und es blieb dunkel …

Wut überkam mich, diese Mistviecher waren noch nicht einmal in der Lage, den Morgen richtig anzukündigen. Der erste Hahn, der mir morgen über den Weg läuft, ist dran! Garantiert! Und alle anderen auch. Ganz Griechenland muss seine unfähigsten Hähne nach Mitikas gekarrt haben. Die Burschen krähten und krächzten um die Wette, es wurden immer mehr, und nichts tat sich. Ich kochte vor Wut und litt unter meinen Schmerzen. Morgen werde ich sie alle umbringen, alle!

Das Wunder geschah, wie aus dem Nichts wurde es heller, wir konnten die Umrisse unseres Bootes sehen und auch, dass die Wellen ziemlich flach ausliefen. Ein Fischerboot verließ gerade den schützenden Hafen von Mitikas. Jetzt war unser Moment gekommen. Die Plane legten wir zusammengefaltet an Nikos Zelt, von drinnen hörten wir ihn schnarchen. Ab ins Boot und zurück zum Womo unter die warme Decke.

Von der gefährlichen Strömung merkten wir zum Glück nichts. Durch das Fernglas hatten wir bereits am Nachmittag gesehen, dass wir nicht mehr allein standen. Ein weißer Opel Kadett und ein Zelt befanden sich in der Nähe zu unserem Wagen. Wir trugen das Boot längsseits zum Bus und verschwanden schnell in den Betten. Selbst meine Ohrenschmerzen wurden weniger. Endlich schlafen, welch eine Wohltat!

Spätmorgens wachten wir auf. Unsere neuen Nachbarn hatten sich Sorgen gemacht. Ein verlassenes Wohnmobil war eine merkwürdige Angelegenheit. Es hätte etwas passiert sein können. Sie begrüßten uns, es waren Vater und Sohn aus Polen, Adam und Jacek. Adam stellte sich als Dozent für das Fach Deutsch an einer großen Universität vor, sein Sohn war noch mitten im Studium. Da gab es natürlich viel zu erzählen, besonders von unseren Erlebnissen auf der Insel. Auf Anhieb mochten wir uns. Die gemeinsamen Tage in Griechenland begründeten eine innige Freundschaft, vor allem mit Adam und seiner Frau, die bis heute angehalten hat und fortdauern wird.

Übrigens: Den Hähnen habe ich ihr unpräzises Krähen verziehen. Es ist ja doch noch hell geworden, wenn auch gefühlte zwei Stunden später. Die Mittelohrentzündung bin ich ohne Folgen verhältnismäßig schnell losgeworden. Ich habe eine antibiotisch wirkende Hautsalbe aus unserer Reiseapotheke mit etwas abgekochtem Wasser verdünnt und in meine Ohren geträufelt. Ich sehe schon, wie sich manch Mediziner an den Kopf fasst – sei's drum.

Verfolgt von der Polizei

In Frankreich beginnt die Ferienzeit ziemlich punktgenau am 14. Juli. An diesem Gedenktag zu Ehren der Französischen Revolution setzt sich fast das ganze Land in Bewegung. Kilometerlange Staus sind die unabwendbare Folge. Dies war auch schon Ende der Siebzigerjahre so, als meine Frau und ich die Atlantikküste hinunterfuhren. Ab diesem Datum sind viele Campingplätze komplett belegt. Vor den Anmeldebüros stellen die Betreiber unübersehbar große Schilder heraus – »Nous sommes complet« – und nehmen keine weiteren Touristen mehr auf.

Nun traf uns das nicht sonderlich hart, denn schließlich besaßen wir für die damaligen Ansprüche und Verhältnisse einen wunderbar ausgerüsteten VW-Camper der Marke Westfalia, selbstverständlich in diesem herrlichen Taigagrün, zu der Zeit die Trendfarbe überhaupt. In einem solchen Fahrzeug konnte man ohne Probleme recht komfortabel übernachten, sogar zu viert. Ein Campingplatz wurde im Prinzip nur für die Ver- und Entsorgung benötigt. Wohnmobilplätze, heute in Europa tausendfach eingerichtet, existierten damals nicht.

Waren die Zeltplätze überfüllt oder sagten sie einem nicht zu, suchte man sich Standorte in der freien Natur, am Hafen oder am Stadtrand. Damit folgten wir einem Trend, der die große Freiheit versprach und den viele Wohnmobilfahrer nutzten: Wo es schön oder zweckmäßig war, versuchte man zu bleiben. Rückblickend will ich gar nicht bestreiten, dass das häufig – gerade unter

Umweltgesichtspunkten – nicht akzeptabel war und ausuferte.

Etliche Kilometer hinter der großen Düne von Arcachon, im Südwesten Frankreichs also, fuhren wir auf einen Picknickplatz, wunderschön im Pinienwald gelegen. Die Atlantikküste erreichte man mit wenigen Schritten. Durch den Wald klang das Meeresrauschen gedämpft zu uns herüber. Tagsüber wurde der Platz ziemlich voll. Zwischen den Bäumen und auf den Wegen standen bald viele abgestellte Autos, es wurde gegrillt und natürlich Boule gespielt. Das bedeutete, dass man sich zuweilen vor herumfliegenden Eisenkugeln in Acht nehmen musste. Wie eh und je betreiben Franzosen dieses Kugelspiel mit sehr viel Ausdauer und Ehrgeiz. Gegen Abend leerte sich der Platz, und übrig blieben drei Campingfahrzeuge, unser Bus und zwei andere Wagen.

Ein französisches älteres Paar hatte sich augenscheinlich auf einen längeren Aufenthalt eingerichtet. So hatte der Franzose einen aus Kistenbrettern hergestellten Verschlag neben seinem Kastenwagen aufgestellt. Gedacht war dieses Provisorium als Auslauf für seine schwarze Katze, mit der er häufig an der Leine spazieren ging beziehungsweise sie mit ihm. Wir hatten uns neben einen anderen, natürlich auch taigagrünen VW-Bus gestellt. Es waren Flensburger, die vom Strand hochkamen und uns sogleich die Besonderheit dieses Platzes erklärten.

Jan und Antje, beide Studenten, wiesen uns darauf hin, dass Übernachten hier eigentlich nicht erlaubt sei. Es gebe aber einen Trick: »Ihr müsst morgens, spätestens ab neun Uhr, das Aufstelldach eingeklappt haben. Wenn dann die Polizei ankommt und ihr bereits hübsch und freundlich an den Picknicktischen sitzt, ist alles o. k. Sind die Dächer hoch, übernachtet ihr hier, und dann dürft ihr die Fliege machen.« Da konnten wir problemlos mithalten. Sobald die französische Polizei in ihrem dunkelblauen Wagen erschien, saßen wir vier bereits einträchtig an den hölzernen, im Wald aufgestellten Tischen und frühstückten. Ohne polizeiliche Beanstandungen verbrachten wir mit Antje und Jan zunächst eine supertolle Woche an der Atlantikküste. Jan war Lehramtsstudent. Er konnte bereits auf einiges zurückblicken. Nach dem Abitur versuchte er sich als Spielwarenverkäufer. Wegen des besseren Verdienstes arbeitete er sehr bald als Schauermann im Hafen. Aus sozialen Motiven unterrichtete er nebenbei Jugendliche im Strafvollzug. Das gab dann den Ausschlag für den Beginn eines Lehrerstudiums.

Ich kann Ihnen sagen, der Mann hatte einiges zu erzählen, besonders aus seiner Marinezeit, zu der er sich für zwei Jahre verpflichtet hatte. Breit grinsend und unterlegt mit einem besonderen norddeutschen Humor amüsierte er uns mit seinen Erlebnissen, garniert mit hervorragenden Witzen, die ihm selbst in den nächsten Tagen nicht ausgingen. Lachend und prustend hielten wir uns in unserer ersten gemeinsamen Nacht die Bäuche. Auf Anhieb freundschaftlich miteinander verbunden saßen wir auf Holzbänken unter den Bäumen. Die Gaslampe auf dem großen Picknicktisch tauchte den Wald in ein unwirkliches, beinahe märchenhaftes Licht.

Antje war mächtig stolz auf ihren Freund. Die Ärmel musste sie ihm nach jedem Hemdenkauf weiten, sonst passte Jan mit seinem imposanten Oberarmbizeps nicht hinein. Kein Wunder, dass er im Knast so gut klarkam.

Aber auch Antje war nicht auf den Mund gefallen und steuerte hochkomische Anekdoten aus ihrer Jugend auf dem platten Lande bei. Unser neuer Platz, vor allem mit den beiden, war der Griff in den Glückstopf.

Jede Nacht verbrachten wir an unserem »Stammtisch« unter den hohen Pinien. Zweimal stand darauf spätabends ein großer dampfender Topf mit Miesmuscheln. Dieses Essen war nahezu kostenlos, denn Muscheln gab es in großer Zahl an den Felsen gleich vorn im Atlantik. Man musste sie nur noch abpflücken, und das war kinderleicht. Weil es davon so viele gab, hatten wir entsprechend viele im Topf. Endlich mal richtig »Moule« essen – so frisch wie in keinem Restaurant der Welt.

Leider machten wir einen Fehler, den wir erst viel später erkannten. Jedes Mal ging es uns nämlich am darauf folgenden Tag ziemlich dreckig, wir schoben dies auf den reichlichen Weingenuss, aber das war falsch. Wir hatten einfach zu viel von den Miesmuscheln gegessen und uns eine leichte Eiweißvergiftung eingefangen. Das berühmte letzte Glas war völlig in Ordnung, daran lag es nicht. Der guten Stimmung tat es aber insgesamt keinen Abbruch.

Tagsüber hielten wir uns am Strand auf. Da die Nächte wegen des frühen, polizeilich erzwungenen Aufstehens etwas kurz waren, holten wir vormittags den Schlaf am Strand nach. Noch heute habe ich das Brausen des Seewindes und das Rauschen der Atlantikwellen im Ohr, die mit hoher Wucht auf den Strand liefen und uns manchmal im Wasser umrissen. Jan und ich inspizierten bei unseren Strandspaziergängen die Bunker, die aus der Zeit des Zweiten Weltkrieges stammen, an der gesamten Atlantikküste zu finden sind und als große, graue und unförmige Blöcke am Strand liegen. Viele sind nicht mehr begehbar. Der Sand, die Wellen und der Wind haben sich an ihnen ausgetobt, sie verrückt und zugeschüttet.

Ein Bunker lag höher, ein Zugang war völlig frei. Wir kletterten hinein, drinnen war es noch einigermaßen hell. Durch die Schießscharten und die offenen Zugänge fiel genug Tageslicht. Jan stieß mich an: »Siehst du, was ich auch sehe?« Unterhalb der Betondecke konnte man Buchstaben in noch leserlicher deutscher Steilschrift entziffern: »Bei Rauchentwicklung Gasmasken aufsetzen«. Ein eigentümliches Gefühl beschlich uns: Was für schreckliche Kampfszenen mögen sich hier im Krieg abgespielt haben! Schnell verließen wir den beklemmenden Ort und legten uns lieber zu unseren Frauen in den weißen Sand, die für solche Sachen sowieso nichts übrig hatten.

Für Animation am Strand war gesorgt. Darum kümmerte sich die Polizei, die einige Einlagen parat hielt. Aus dem Wald oder den Dünen preschte sie hoch zu Ross und jagte im gestreckten Galopp Nackte oder Halbnackte über den Strand. In fast keinem Fall konnte sie jedoch ihrer habhaft werden und ein Ordnungsgeld wegen anstößigen Verhaltens an Ort und Stelle kassieren. Die Nudisten stürmten kreischend ins Wasser, die Polizisten hinterher. Trotz ihrer Pferde waren sie eigentlich nie schnell genug, die Gejagten befanden sich meist schon längst im tiefen Wasser. Das darauf eintretende Belauern wurde zum Geduldsspiel, das die Ordnungshüter regelmäßig verloren.

Am dritten Tag versetzte uns ein Deutscher mit seinem Sohn nebst einem Bernhardiner in Alarmstimmung. Die beiden hatten wie wir einen Zeltplatz gesucht, wurden aber überall wegen Überfüllung abgewiesen. Unseren Picknickplatz sahen sie als ihre Rettung an und schlugen nahe unseren Bussen ihr kleines Hauszelt auf. Das konnte gefährlich werden. So ein Zelt am frühen Morgen und die Polizei hätte unter Umständen die Handhabe, uns alle davonzujagen. Vater und Sohn passten sich deshalb sofort den besonderen Platzmodalitäten an. Nach der letzten abendlichen Polizeipatrouille bauten sie ihr Zelt auf, in das Zora, die Bernhardinerhündin, am liebsten allein einzog, und morgens verschwand das Zelt im Kofferraum ihres Pkw. So geschah es fortlaufend, und alle waren zufrieden – bis zum Morgen des Sonnabends.

Wir liebten unseren Platz. Es gab keinen Grund, ihn so bald zu verlassen, wenn da nicht die Polizei gewesen wäre. Am Sonnabend kamen gleich zwei Polizeiwagen angefahren. Vier uniformierte Polizisten steuerten grimmig auf uns am gedeckten Picknicktisch zu und erklärten unmissverständlich und in einem schroffen Befehlston, dass jetzt Schluss mit den Albernheiten sei. Wir hätten sofort abzufahren, ansonsten würde es wegen unseres Übernachtens teuer. Dass Zora die Polizisten dumpf grollend anknurrte, nützte bedauerlicherweise nichts. So wichen wir der Staatsgewalt und von unserem liebgewonnenen Waldplatz mit der nächtlichen Tafelrunde. Von der massigen Bernhardinerhündin und den beiden Deutschen hieß es Abschied nehmen. Jetzt zu viert mussten wir uns auf die Suche nach einem neuen

Plätzchen machen, das wir an einem nahen Strandsee, einem Étang, zu finden hofften.

Vielleicht fragen Sie sich, was mit dem französischen Paar und der schwarzen Katze passierte, ob die auch verschwinden mussten. Die Antwort ist Nein. Die Polizisten waren mit einem für die eigene Nation blinden Fleck in den Augen behaftet, sie nahmen den Kastenwagen der Franzosen mit dem Verschlag einfach nicht wahr. Folglich blieb das Paar zurück, das uns bei unserer erzwungenen Abfahrt sogar noch freundlich hinterherwinkte. Kommentiere dies, wer will.

Ein Étang ist vom Ursprung her meist eine Lagune, deren Zugang zum Meer in vielen Fällen verlandet ist. Noch am selben Tag fanden wir eine kleine lauschige Bucht an solch einem Strandsee. Ein orangeroter VW-Camper stand bereits am Ufer und nicht weit davon ein kleines Wohnmobil mit zwei Franzosen. Der Eigentümer des Bullis, Bill, machte uns sogleich auf die rigiden Platzbedingungen am See aufmerksam: Die örtliche Polizei duldete beim abendlichen Kontrollgang kein einziges Fahrzeug. Deswegen übernachtete er in seinem Bus auf einem nahen Parkplatz, der allerdings an einer stark befahrenen Straße lag, und morgens kam er wieder.

Wir stellten uns mit unseren Campern zu ihm und hatten natürlich gleich wieder Gesprächsstoff. Bill entpuppte sich als amerikanischer Staatsbürger und Deutschdozent, der ein fehlerfreies Deutsch sprach, wenn auch mit einem ulkigen Akzent.

Der See lud nicht nur zum Schwimmen ein, sondern ebenso zum Paddeln und Segeln. Jans Augen leuchteten vor maritimer Begeisterung, als er sah, wie meine Frau und ich unser Faltboot aus dem Wagen herausholten. Einen großen Teil des Tages verbrachten folglich vor allem Jan und ich auf dem Wasser. Nachmittags schaute ein dunkelhäutiger Polizist vorbei, der uns eindringlich ermahnte, abends den Platz zu räumen. Wir nickten und versuchten ihm den Eindruck zu vermitteln, dass wir genau das vorhatten. Nur Bill hielt sich daran, sowohl die Franzosen als auch wir blieben.

Es dämmerte bereits, als Jan, der mit dem Fernglas über den See schaute, plötzlich ausrief: »Jetzt weiß ich, wo die Polizei herkommt. Da drüben ist die Station, und wir kriegen gleich Besuch.« Er hatte recht, es dauerte wirklich nicht lange, und der Polizist vom Nachmittag stand zornig vor uns und hielt jedem von uns einen Zettel unter die Nase. Handschriftlich hatte er auf ihm akribisch vermerkt, gegen welche, nicht wenige Vorschriften wir verstoßen hatten, und als Folge kam der Satz: »Ich muss Sie büßen mit 100 Francs.« Es war urkomisch und anrührend zugleich: Da hatte ein verärgerter Beamter in seiner Amtsstube seine ganzen Deutschkenntnisse zusammengekramt, um den blöden Ausländern am See beizukommen.

Hatten wir die ganze Zeit so getan, als ob wir kein Wort Französisch beherrschten, erklärte ich ihm nun in seiner Sprache, dass wir abfahren wollen: »Nous voulons partir!« Das hatte ich als besänftigende Geste gemeint. Aber jetzt kam er erst richtig in Fahrt, er ging hoch wie das berühmte HB-Männchen und schrie mich an, dass er eine solche Frechheit noch nie erlebt habe, so zu tun, als ob wir kein Französisch verstünden. Das würde nun richtig teuer … An diesem Punkt war es ratsam, wirklich nichts mehr zu begreifen, was jetzt tatsächlich größtenteils zutraf, da er schrie und wütete.

Er beruhigte sich jedoch wieder und erklärte mir, nachdem er herausbekommen hatte, dass ich wohl der Einzige war, der ihn sprachlich noch am besten verstand, wir sollten das Boot liegen lassen, er würde uns einen guten Platz zum Schlafen zeigen, und am nächsten Morgen hätte er nichts dagegen, wenn wir wieder an den See führen. Da er nur uns meinte, fragte ich ihn, was denn mit seinen Landsleuten passieren würde. Der Polizist guckte irritiert, sprach den französischen Wohnmobilisten an, der daraufhin gelangweilt ein paar Sachen zusammenpackte und den Motor startete. Zu seinem großen Bedauern sprang der aber leider nicht an. »Diese Kanaille«, zischte mir Jan ins Ohr, »der hat einen Zündstromunterbrecher.« Also mussten wir los und wieder blieben die Franzosen. Ich kam mir zunehmend dämlicher vor.

Mit hoher Geschwindigkeit ging es hinter dem dunkelblauen Renault des Polizisten her. Er bretterte ohne Rücksicht auf Verluste über den Seeuferweg, dass uns in unseren VW-Bussen Hören und Sehen verging. Wir hielten aber mit, wer weiß, was sonst noch mit uns geschehen wäre. Ein kurzes Stück führte er unseren Konvoi auf einer engen Landstraße an, auf der er erst einmal richtig Gas gab, dann bog er auf einen leeren Parkplatz ab, erklärte uns jetzt ganz freundlich und aufgeräumt, wir seien nun auf unserem Übernachtungsplatz, und wollte sich mit einem beinahe zärtlichen Gutenachtgruß verabschieden. Da hatte er aber nicht mit mir gerechnet. Zweimal hatte ich schon nationalitätslastige Rechtsan-

wendung durch die französische Polizei erlebt. Das dritte
Mal bestimmt nicht. Ich deutete auf den Wald.

Der Wald am Parkplatz stand voll mit Kombis, Kastenwagen und Wohnmobilen. Das waren alles Franzosen,
die da im Wald hausten, schon wegen der permanenten
Waldbrandgefahr strikt verboten! Der Polizist musste
dies nun auch registrieren, ob er wollte oder nicht. Er
hatte gar keine andere Wahl und zeigte uns höchst anschaulich, was alles in ihm steckte. Louis de Funès, der
berühmte, cholerische Filmschreck von Saint-Tropez,
war ein müder Abklatsch gegen das, was ein richtiger
französischer Polizist abliefern kann, wenn er will.

Ein Krachen und Bersten im Unterholz und zwischen
den Bäumen, Motoren wurden gestartet, Wagenlichter
flammten auf, ein Auto nach dem anderen bahnte sich
mühselig den Weg aus dem dunklen Pinienwald. Der
Parkplatz wurde voller und voller. Unser Polizist war
fest entschlossen, ein für allemal Tabula rasa zu machen.
Mit einem schweren Suchscheinwerfer, den er zwischendurch aus seinem Renault holte, leuchtete er pedantisch
Waldstück für Waldstück ab. Immer tiefer drang er in
das Gehölz, um noch den letzten Unwilligen zu finden.
Er schrie, fluchte und scheuchte wirklich alle aus dem
Wald, der vermutlich noch nie so von wilden Campern
aus Frankreich gesäubert wurde wie damals. Der große,
bis vor Kurzem noch leere Parkplatz reichte gerade so
aus, um alle Fahrzeuge zu fassen, die in mehreren Reihen
dicht an dicht, hinter- und nebeneinander standen.

Am nächsten Morgen sahen wir in ziemlich grimmige
Franzosengesichter. Hastig suchten wir vier das Weite und
fuhren an unseren Étang. Jan lag mit seiner Annahme

eines Zündstromunterbrechers im Womo der Franzosen richtig. Den Beweis lieferte uns der Fahrer, als er seinen Wagen startete. Diesmal benötigte der Anlasser nur ein paar Umdrehungen – bereitwillig sprang der Motor an und weg waren sie. Bis zum Nachmittag verbrachten wir einen weiteren schönen Tag am See. Polizeierfahren, wie wir jetzt waren, steuerten wir abends noch einmal den herrlichen Picknickplatz an, zelebrierten die alte Übung – Sie wissen längst welche – und reisten nach weiteren schönen Erlebnissen am Atlantikstrand endgültig zum nächsten Wochenende ab. Der Kastenwagen mit dem Verschlag stand bei unserer Ankunft wie erwartet noch da. Vater, Sohn und Zora waren leider fort.

Zu Hause habe ich mir gleich so einen Zündstromunterbrecher in meinen Bus einbauen lassen, an einer ganz verschwiegenen Stelle. Reisen bildet, sagt man.

Geistesgegenwart auf Italienisch

Als Urlaubsland haben wir Italien verhältnismäßig spät entdeckt. Erst mit unseren Kindern machten wir uns im Womo über die Alpen nach Bella Italia auf. Lange hielten uns Vorurteile über Italiener ab. Es waren die alten Geschichten um Diebstahl, Betrug und vielleicht noch Messerstechereien. Wie das so ist mit den Vorurteilen, in ihrer Pauschalität stimmen sie nie.

Wir haben dieses Land und seine Menschen lieben gelernt. Die Hilfsbereitschaft, die wir erlebt haben, müsste Vorbild für eigenes Verhalten sein. Die italienische Sprache ist wirklich wie »la musica«, und vieles ist ein Kontrapunkt zu dem, was so häufig in Deutschland anzutreffen ist. Es beginnt schon mit der Schrittgeschwindigkeit der Italiener. In Norddeutschland ist sie nach wissenschaftlichen Messungen am höchsten, in München schon mal geringer, aber in Italien, da wird geschlendert. Sonntags sind die Geschäfte geöffnet, auch die Supermärkte. Keine Gewerkschaft oder Kirche versammelt ihre Anhänger und bläst zum Sturm, weil die heiligsten Werte in Gefahr seien. Dabei ist Italien ein durch und durch katholisches Land und die Familie wird hochgehalten.

Wer von Ihnen hat es in Deutschland schon einmal erlebt, dass der Brötchenverkäufer Sie bei dem Überreichen der Tüte mit den »panini« ansingt und ein Lied über dieselben improvisiert? Ich kann es mir in keinem deutschen Geschäft vorstellen, es wäre nahezu aberwitzig. Ich habe aber in dem wunderbaren italienischen Lebensmittelgeschäft mit den vielen Weinen, den Wildschweinschinken und weiteren Köstlichkeiten mitgesungen.

In Deutschland kriegt man auf die Frage, wie es einem geht, häufig die Antwort: »Es geht«, oder mürrisch-albern: »Gestern ging's noch.« Haben Sie es mit einem Boshaften zu tun, sagt er unter Umständen: »Ausgezeichnet«, weil er vermutet, dass Sie sich darüber ärgern, wie hervorragend es ihm geht und nicht Ihnen. Engländer lieben die skurrile Antwort: »Not too bad.« Die Italiener, die ich getroffen habe, und sie waren in den Jahren nicht wenige, haben fast immer mit einem »Bene« geantwortet, also: »Es geht gut.«

Es liegt an der positiven Einstellung, der entspannten Haltung, warum sie es in diesem von vielen Ökonomen von jeher als bankrott gekennzeichneten Land so wunderbar aushalten. Es ist das Klima, die Sonne, das gesündere Essen und der Optimismus im Denken. Das Resultat findet sich in einer sehr hohen Lebenserwartung wieder, obwohl das italienische Gesundheitswesen nun wirklich keinen Topplatz im internationalen Ranking einnimmt. Und wer Italien in den letzten Jahren bereist hat, wird nicht um die Feststellung herumkommen, wie sehr sich dieses Land zum Positiven entwickelt. Es ist trotz aller Probleme und Skandale schon lange nicht mehr das Armenhaus Europas. Oberitalien zum Beispiel hat ein höheres Bruttoinlandsprodukt als Deutschland.

Sie sehen, ich habe eine Vorliebe für Italien entwickelt. Ich weiß natürlich um die Schattenseiten dieses Landes. Ist man dort, übersieht man sie aber sehr schnell. Lernen Sie etwas Italienisch, handeln Sie mit einem Verkäufer oder als Mann noch besser mit einer Verkäuferin, und

Sie werden erleben, es birgt fast immer beinahe erotische Qualitäten in sich. Meist haben alle Beteiligten einen enormen Spaß. Sie müssen aber unbedingt etwas Sprachkenntnisse zeigen, und Sie werden mit Komplimenten überhäuft und einer Preisreduktion beschenkt.

Mit Beginn der Herbstferien starteten wir über viele Jahre mit unseren Freunden und deren Kindern in zwei Wohnmobilen nach Castiglione della Pescaia, einem unvergleichlich schönen Urlaubsort in der Toskana, direkt am Mittelmeer, auf der Höhe von Elba. Schon der Fahrtbeginn war immer ein Heidenspaß.

Nach den ersten Kilometern stimmte ich im Womo den Schlachtruf »Urlaub« an, und drei Kinderstimmen krähten hinter uns: »Urlaub, Urlaub, Urlaub!« Die Kinderaugen leuchteten in freudiger Gewissheit, dass sie bald im Zelt liegen, am Strand spielen und im Wasser baden könnten, und das alles mit Freunden. Was für ein Riesengaudi würde es wieder sein, gemeinsam im Schlauchboot zu sitzen, unserem Freund beim Rudern zuzusehen und höllisch aufzupassen, dass die Wellen das Boot nebst Insassen nicht umschmissen. Für die Kinder waren das Festtage und für uns natürlich auch, obwohl es bei unserem befreundeten Ehepaar immer etwas dauerte, bis die ganze Familie endlich im Womo saß und es losgehen konnte.

1988 kamen wir das erste Mal in Italien an. Danach hatten wir, solange die Kinder es mochten, jedes Jahr im Herbst dasselbe Reiseziel. Manchmal fühlte ich mich schon wie ein Rentner, dem nichts Neues mehr einfiel und der unbedingt seine gewohnte Umgebung wieder haben wollte. Aber dieser Ort war und ist wirklich super und für die Kinder ideal. Ungefähr vier Kilometer von Castiglione entfernt liegt am Meer, hinter den Dünen, mit vielen Bäumen versehen, ein wunderschöner, großer und familiär geführter Campingplatz.

Ein ewig langer, breiter Sandstrand, auf den man vom Zeltplatz direkt gelangt, bietet alle Möglichkeiten der Freizeitgestaltung, ganz besonders des Ballspielens nach Herzenslust. Nachdem unser Nachwuchs aus dem Klein-kindalter heraus war, gehörte es zur ersten Übung, ein Netz zum Volleyballspielen aufzustellen. Zwei schlanke Baumstämme als Netzhalter fanden sich schnell am Strand. Das Feld wurde abgesteckt und markiert, und zwei Familien aus Hamburg tobten sich aus. Am Strand lernten wir in der Zeit immer mehr Urlauber kennen, vor allem aus der Schweiz, die gern mit uns spielten.

Wir haben seit unserem ersten Aufenthalt die Ent-wicklung dieses Platzes und des nahen Ortes verfolgt. Damals war Castiglione in Deutschland noch weitge-hend unbekannt, selbst in Italien. Das hat sich aber geän-dert, die Einwohnerzahl hat sich inzwischen mindestens verdoppelt. Trotz allem hat dieses Städtchen von seinem Charme nichts eingebüßt. Der Ortskern mit seinem hoch gelegenen Kastell, mit den dort hinführenden engen, ge-pflasterten Gassen und den vielen kleinen Geschäften ist in seiner Ursprünglichkeit erhalten geblieben. Auch im Herbst ist Castiglione nicht tot, nicht so wie viele andere Touristenorte, die sich nach der Saison jedem verirrten Besucher als verbrettert und verrammelt präsentieren.

An das Städtchen grenzt ein Sumpf- und Feucht-gebiet, die Maremma. Heute steht diese einzigartige Landschaft mit ihren seltenen Tieren und Pflanzen unter

Naturschutz. Wanderwege und Beobachtungsstände ermöglichen einen nahen Kontakt mit der einzigartigen Natur, zu der unter anderen die rosaroten Flamingos und die weißen Maremma-Stiere zählen.

Die Erlebnisse in Castiglione haben für meine Frau und mich den Anstoß gegeben, nachdem unsere Kinder nicht mehr mitfuhren, uns Italien intensiver zuzuwenden und noch viele andere Orte zu bereisen. Aber davon will ich Ihnen an dieser Stelle nicht erzählen.

Den Ortskern von Castiglione erreichten wir stets sehr bequem mit dem Rad. Die Räder abgestellt, steuerten wir mit den beiden Familien erst einmal die nächste Gelateria an – das hat sich besonders gelohnt. Lebensmittel konnten wir in nahen Supermärkten kaufen. Für den Transport auf den Gepäckträgern wurden sie in Kartons verstaut. Auf Fahrradwegen, zuerst an der Strandpromenade entlang, ging es manchmal schwer bepackt und etwas wackelig zurück zum Platz.

Castiglione hat – mit dem alten Stadtteil verbunden – einen schönen Hafen, der in den letzten Jahren für Segler und Motorbootfahrer erheblich ausgebaut wurde. Am alten Hafenbecken, unmittelbar an den Häusern, führt an der Kaimauer eine nur für Anlieger und den Lieferverkehr freigegebene Straße entlang. Abends machen die Fischer mit ihren Booten dort fest. Kühlwagen fahren heran, der gefangene Fisch wird aufgeladen und meistens gleich zur Auktionshalle transportiert.

In einem der Häuser am Fischereihafen gibt es eine kleine Bar. Draußen stehen ein paar Tische und einfache Plastikstühle in Weiß. Wer sich auf ihnen niederlässt, hat traumhafte Blicke auf einen maritimen Schauplatz.

Darum wurden die Stühle vor dieser Bar unsere Lieblingsplätze, immer verbunden mit einem abgepackten Eis aus der Kühltruhe. In dem kleinen Barraum wird man kaum Touristen antreffen. Die Einheimischen, die hier sitzen, kennen sich, und der Eigentümer weiß, was man trinkt.

Als wir ihn kennenlernten, schien er uns nicht gerade der Jüngste zu sein. Besonders viel redete er nicht. Wusste aber jedes Mal, wenn wir in den Herbstferien bei ihm reinschauten, wer wir waren – das war's, keine laute Begrüßung oder so etwas Ähnliches. Dieser Mann war schlank, ging leicht gebückt, die kurzen kräuseligen Haare zeigten die ersten Ansätze eines Grautons. Seine Zähne waren nicht die besten. Mit dem Florieren der Bar wurde sein Aussehen zunehmend besser. Die Zähne waren bald saniert, über die Jahre schien er nicht zu altern, ganz im Gegenteil.

Bei ihm bestellten wir fast immer ein Eis mit Mandeln, also »con mandorle«. Mein Italienisch verstand er jedes Mal und nahm das gewünschte Eis aus der Truhe. So weit, so gut. Beim letzten Mal, unsere Kinder waren schon nicht mehr dabei, kam ich mir wie immer sehr sprachkundig vor und bestellte natürlich auf Italienisch unser bekanntes Eis. Die Bar war gut besucht, mehrere ältere Italiener füllten den Raum. Diesmal sah mich der Inhaber prüfend an und erklärte mir wort- und gestenreich, dass ich etwas Falsches bestellen würde. Meine Betonung sei völlig daneben. Ich müsse bei »mandorle« oder »mandorla« das »man« betonen, sonst könnte es ein einheimisches Musikinstrument sein: eine Mandolinenart, die »mandola«. Zur Freude der Anwesenden spielte er

lachend wie auf einer Luftgitarre, wobei er mir zugleich mit den Händen demonstrierte, dass das gemeinte Instrument viel kleiner sei. Jetzt lachten alle, er spielte in der Luft weiter und sang dazu. Gelehrig wiederholte ich das Wort in der richtigen Betonung und wurde mit einem lauten »Bravo« bedacht.

Wollten wir in den nächsten Tagen ein Mandeleis holen, hielt er jedes Mal seinen Kopf schief und lauerte, ob die Betonung richtig sei. Sie war es. Eine kleine Luftgitarrennummer gab es spaßeshalber gratis dazu.

Am vorletzten Tag aßen wir zum Abschied Eis aus der Bar. Auf den Stühlen sitzend ließen wir uns von der Herbstsonne bescheinen und erfreuten uns an dem herrlichen Anblick der vor uns liegenden Schiffe und Boote, des Wassers und des nahen Meeres. Ungern lösten wir uns von unserem Lieblingsplätzchen am Hafen, schwangen uns auf die Drahtesel und radelten langsam von dannen. Weit kamen wir jedoch nicht. Wir wurden von einem lauten Rufen aufgeschreckt: »Mandorle, mandorle!« Das konnten eigentlich nur wir sein. Sofort stoppten wir und sahen uns um. Unser Italiener aus der Bar lief hinter uns her, die Handtasche meiner Frau, die sie auf ihrem Stuhl vergessen hatte, schwenkte er in seiner Hand. Lachend übergab er sie und wiederholte noch einmal ganz langsam und exakt betonend das Zauberwort, mit dem meine Frau ihre Tasche zurückbekam: »Mandorle« – das Wort für die Geistesgegenwart eines Italieners.

Der Boulekönig aus Senegal

Waren wir in den Herbstferien auf unserem Campingplatz nahe Castiglione, hielten wir uns mit den Kindern logischerweise einen großen Teil des Tages an dem weitläufigen Strand auf. Sollte das Wetter mal windiger und ohne Sonne sein, kann man sich windgeschützt in die Dünen zurückziehen. Lag ich dort, so habe ich immer mit großer Freude den Mittelmeerwellen gelauscht.

Besonders in den Dünen erlebte ich Aufführungen gleichsam wie in einer Kurmuschel. Machen Sie das einmal: Schließen Sie die Augen, wenn Sie am Strand liegen, vergessen Sie alles um sich herum, und hören Sie nur den Wellen zu, wenn diese überschlagend, schäumend an den Strand tosen und auf dem Sand auslaufen. Sie werden feststellen, dass die Natur für Sie kostenlos eine orchestrale Musik in unterschiedlicher Rhythmik, Lautstärke und variierenden Tonfolgen bereithält. Kein Dolby-Stereo-Klangsystem oder welches Mehrkanal-Tonsystem auch immer kann Ihnen das bieten, was Sie akustisch erfahren werden, wenn Sie sich darauf einlassen.

Das Rauschen der Wellen haben meine Kinder ebenfalls in sich aufgenommen. Sie erzählen mir aber, dass sie diesen Ort darüber hinaus mit einem unvergleichlichen Harzduft der Pinien verbinden, die einen breiten grünen Gürtel am Strand bilden. Diesen Geruch haben sie in der Nase und sehnen sich oftmals nach ihm zurück sowie nach dem abendlichen Gezirpe der Zikaden, die manchmal – aus unerfindlichen Gründen – plötzlich ihr

Konzert einstellten, um dann nach kurzer Zeit mit voller Kraft wieder loszulegen. Das häufige, vor allem in der Dämmerung einsetzende Mückengesumm ruft bei allen allerdings nicht so freundliche Gefühle wach. Je nach den vormonatlichen Niederschlagsmengen konnten diese Biester zur Qual werden, oder sie traten eben kaum in Erscheinung.

In dem ersten Jahr unseres Urlaubes in der Toskana gewöhnten wir uns nur mit Mühe an die schwarzen Händler. Jeden Tag kamen sie, setzten sich unaufgefordert vor uns am Strand hin, sahen uns intensiv und dauerhaft an und versuchten, Schmuckstücke, Kleidung, Holzarbeiten und Ähnliches loszuschlagen. Es nützte wenig, ein deutlich desinteressiertes Gesicht aufzusetzen. Sie kamen unter Garantie. Laut riefen sie: »Alles Bürgermeister, billiger Jakob, alles gratis!« Wo sie solche bizarren Sprüche aufgeschnappt haben, weiß keiner. Da sich an diesem Strandabschnitt vor allem Deutsche, Schweizer und Österreicher aufhielten, hatte ihr unüberhörbares Rufen aber fast immer einen gewissen Effekt, und das wussten die Schwarzen. So mancher Tourist fühlte sich angeregt, auf einen Handel mit ihnen einzugehen. Unsere Freundin, die absolut nichts haben wollte, wurde von ihnen witzigerweise als »Signora geizig« bezeichnet, hatte aber zumindest vorübergehend ihre Ruhe.

In den folgenden Jahren änderte sich unser Verhältnis zu ihnen. Es waren stets dieselben, die schwer bepackt durch den Strand stapften. Zu Beginn der Saison gelangten sie auf Frachtschiffen nach Italien, einige von ihnen aus Senegal. Zum Ende der Saison im Herbst verließen sie Italien auf demselben Weg. Die Schwarzen bekamen für uns Gesichter, und alles begann mit einem Boule-spiel.

Wir spielten mit den Ihnen sicherlich bekannten billigen, bunten Plastikkugeln. Für den Strand sind sie gut zu gebrauchen. Mein Freund und ich waren ungefähr gleich spielstark. Die anderen in der Familie waren uns gegenüber ziemlich chancenlos, deswegen erhielten sie von uns einen Punktevorsprung. Ein fliegender Händler näherte sich unserem Spiel, setzte sich mit all seinen Taschen in den Sand und sah uns neugierig zu. Er nahm großen Anteil an unseren Würfen. In bester Ferienlaune forderten wir ihn auf mitzumachen. Das ließ er sich nicht zweimal sagen und war zum großen Erstaunen der anderen Touristen schnell eingemeindet im Boulespiel.

Er nannte sich Ennio, sprach fließend Französisch und damals besser Italienisch als ich. Ennio war mit zwei Brüdern in die Toskana gekommen, der älteste Bruder verkaufte wie er am Strand, und der jüngste arbeitete in einer Fabrik bei Florenz. Ihr alter Vater brauchte nicht mehr zu arbeiten. Darauf war Ennio sehr stolz: »Papa sitzt unter dem Baum«, erklärte er uns. »Wir arbeiten für ihn, unsere Frauen und die Kinder. Bald sind wir wieder in Senegal. Dort ist es schön warm, non freddo. Du musst auch zu uns kommen!« Er lachte und zeigte uns seine Zähne. Das waren ohne Übertreibung wirkliche Hauer. Denke ich an Ennio, sehe ich sein Pferdegebiss vor mir und höre sein Lachen.

Ennio gab uns eine Lektion im Boulespiel. Er war ein wirklicher Meister, nur einmal kam er leicht ins Schwitzen, hörte auf mit seinem Lachen und konzentrierte sich auf seine Würfe. Alle Spiele gewann er souverän. Uns wurde auch gleich klar warum. »Ich bin Boulekönig in Senegal«, mit diesem Satz verabschiedete er sich lachend, nahm seine Taschen wieder auf und ging zum nächsten potenziellen Abnehmer.

Ennio wurde unser Stammkaufmann am Strand. Mit Liebe und Ausdauer zeigte er uns wortreich seine Angebote. Darunter war durchaus das eine oder andere, das wir gebrauchen konnten. Handeln war das absolute Muss. Kaufen, bezahlen und dabei nicht zu handeln, käme einer unentschuldbaren Geringschätzung gleich. Ennio malte seinen Verkaufspreis in den Sand, und ich malte meinen Kaufpreis dazu. Entrüstung, Kopfschütteln, und es wurde wieder gemalt. Dies ging so lange hin und her, bis der Kauf perfekt war und mit einem Handschlag besiegelt wurde. Zum Abschluss des Geschäfts gab es für die Kinder farbige Arm- oder Fußbänder dazu. Dass wir zu den Abnehmern von Ennio zählten, sprach sich unter den anderen Strandhändlern schnell herum. Wir brauchten nur zu sagen, dass allein Ennio uns beliefert, und wir hatten Ruhe.

Kamen wir in den Herbstferien wieder in Castiglione an, erwartete uns am Strand bereits Ennio. Wir umarmten uns zum Erstaunen der meisten Strandbesucher und tauschten Neuigkeiten aus. Ennio ging es ständig besser, er kam jetzt schon mit dem Flugzeug an, nicht mehr auf den Frachtkähnen. Voller Stolz erzählte er mir, er sei mittlerweile so wohlhabend, dass er sich eine dritte Frau leisten könne und sie bald heiraten werde. Scherzhaft fragte er mich, wie viele Frauen ich denn hätte, nannte mich einen armen Hund und lachte. Natürlich wusste er genau um die religiösen und gesellschaftlichen Unterschiede. In den Folgejahren zog er mich damit regelmäßig auf und hatte seinen Spaß.

Vor gar nicht so langer Zeit fuhren wir allein mit unserer ältesten Tochter, damals schon volljährig, wieder an den Strand von Castiglione. Ennio war entzückt, uns zu sehen, und auch davon, dass sich unsere Tochter zu einer attraktiven jungen Frau entwickelt hatte. Als er dann noch bemerkte, wie sie am Strand liegend kunstvolle Zeichnungen anfertigte, war es um ihn geschehen. Der Boulekönig von Senegal machte mir sofort ein Angebot, diesmal in gebrochenem Deutsch: »Funfzehn Elefanti, zwanzig Giraffi, funf Leoni, alles für dich. Ganzer Zirkus. Schwiegervater, Zirkusdirektor!« Meine Tochter wurde nach senegalesischer Sitte gar nicht gefragt. Ihr wurde etwas mulmig ums Herz. Sie glaubte aber nicht wirklich daran, verschachert zu werden. Ennio wiederholte eindringlich sein Angebot und steigerte die Anzahl der Giraffen. Selbstverständlich war alles nicht ernst gemeint, lachend ging er von dannen und rief uns von weitem zu: »Schwiegervater, Schwiegermutter!«

Wenn ich Ennio noch einmal sehe, werde ich ihm vielleicht sagen, dass eine Frau ausreicht, es muss nur die richtige sein.

Günter Bosien wurde 1945 in Flensburg geboren. Nach einer Lehre zum Industriekaufmann und Angestelltentätigkeit schlossen sich die beiden Studiengänge zum Betriebswirt und Handelslehrer an. Von 1975 bis 2008 unterrichtete er an einem Hamburger Wirtschaftsgymnasium. Neben dieser meist in Teilzeit ausgeübten Tätigkeit stand er Unternehmen mit seinem Rat bei der Vermarktung innovativer Produkte zur Seite. Seit den letzten Jahren ist Günter Bosien kommunalpolitisch aktiv und ehrenamtlich engagiert.

Das vorliegende Buch ist nach längerer Zeit sein zweites. 1994 erschien der schnell vergriffene Ratgeber »Bürger wehren sich erfolgreich, Erfahrungen und Tips«.